共和国故事

大 地 之 爱
——全国广泛开展"母亲水窖"爱心活动

陈秀伶 编写

吉林出版集团股份有限公司

图书在版编目（CIP）数据

大地之爱：全国广泛开展"母亲水窖"爱心活动/陈秀伶编．— 长春：吉林出版集团股份有限公司，2009.12

（共和国故事）

ISBN 978-7-5463-1924-7

Ⅰ．①大… Ⅱ．①陈… Ⅲ．①纪实文学-中国-当代 Ⅳ．①I25

中国版本图书馆 CIP 数据核字（2009）第 237734 号

大地之爱——全国广泛开展"母亲水窖"爱心活动
DADI ZHI AI　　QUANGUO GUANGFAN KAIZHAN MUQIN SHUIJIAO AIXIN HUODONG

编写　陈秀伶	
责任编辑　祖航　宋巧玲	
出版发行　吉林出版集团股份有限公司	
印刷　三河市嵩川印刷有限公司	
版次　2010 年 1 月第 1 版	2022 年 1 月第 9 次印刷
开本　710mm×1000mm　1/16	印张　8　字数　69 千
书号　ISBN 978-7-5463-1924-7	定价　29.80 元
社址　吉林省长春市福祉大路 5788 号	
电话　0431-81629968	
电子邮箱　tuzi8818@126.com	

版权所有　翻印必究

如有印装质量问题，请寄本社退换

前　言

自1949年10月1日中华人民共和国成立至今,新中国已走过了60年的风雨历程。历史是一面镜子,我们可以从多视角、多侧面对其进行解读。然而有一点是可以肯定的,那就是,半个多世纪以来,在中国共产党的领导下,中国的政治、经济、军事、外交、文化、教育、科技、社会、民生等领域,都发生了深刻的变化,中国人民站起来了,中华民族已屹立于世界民族之林。

60年是短暂的,但这60年带给中国的却是极不平凡的。60年的神州大地经历了沧桑巨变。从开国大典到60年国庆盛典,从经济战线上的三大战役到经济总量居世界第三位,从对农业、手工业、资本主义工商业的三大改造到社会主义市场经济体制的基本确立,从宜将剩勇追穷寇到建立了强大的国防军,从废除一切不平等条约到独立自主的和平外交政策,从"双百"方针到体制改革后的文化事业欣欣向荣,从扫除文盲到实施科教兴国战略建设新型国家,从翻身解放到实现小康社会,凡此种种,中国人民在每个领域无不留下发展的足迹,写就不朽的诗篇。

60年的时间在历史的长河中可谓沧海一粟。其间究竟发生了些什么,怎样发生的,过程怎样,结果如何,却非人人都清楚知道的。对此,亲身经历者或可鲜活如昨,但对后来者来说却可能只是一个概念，对某段历史的记忆影像或不存在，或是模糊的。基于此，为了让年轻人，特别是青少年永远铭记共和国这段不朽的历史，我们推出了这套《共和国故事》。

《共和国故事》虽为故事，但却与戏说无关，我们不过是想借助通俗、富于感染力的文字记录这段历史。在丛书的谋篇布局上，我们尽量选取各个时代具有代表性或深具普遍意义的若干事件加以叙述，使其能反映共和国发展的全景和脉络。为了使题目的设置不至于因大而空，我们着眼于每一重大历史事件的缘起、过程、结局、时间、地点、人物等，抓住点滴和些许小事，力求通透。

历史是复杂的，事态的发展因素也是多方面的。由于叙述者的视角、文化构成不同，对事件的认知或有不足，但这不会影响我们对整个历史事件的判断和思考，至于它能否清晰地表达出我们编辑这套书的本意，那只能交给读者去评判了。

这套丛书可谓是一部书写红色记忆的读物，它对于了解共和国的历史、中国共产党的英明领导和中国人民的伟大实践都是不可或缺的。同时，这套丛书又是一套普及性读物，既针对重点阅读人群，也适宜在全民中推广。相信它必将在我国开展的全民阅读活动中发挥大的作用，成为装备中小学图书馆、农家书屋、社区书屋、机关及企事业单位职工图书室、连队图书室等的重点选择对象。

编　者
2010 年 1 月

目录

一、组织实施

  人民大会堂举行捐赠仪式/002
  人民大会堂举行义演活动/006
  会宁妇联深入村社抓水窖/009
  金银村欢迎项目验收组/011
  专家进行水窖工程评估/013
  "母亲水窖"项目初见成效/016
  重庆妇联验收水窖工程/019
  云南加大培训宣传力度/021
  胡锦涛牵挂陡坡村/024
  宁夏军区官兵奋力打井/028
  "母亲水窖"工程意义重大/034

二、社会行动

  劝募书震动亿万心灵/040
  基金会组织捐赠者回访活动/043
  社会各界伸出援助之手/045
  "母亲水窖"续写行动启动/051
  演艺界开展爱心行动/055

目录

北京举办明星慈善会演/057
儿童为"母亲水窖"捐款/060
甘肃组织捐助代表回访活动/063
大学生心系"母亲水窖"/065
广州搭建关爱西部平台/069
"百事母亲水窖村"落成/071

三、崭新生活

"母亲水窖"成为幸福之泉/076
"母亲水窖"滋润土族之乡/079
"母亲水窖"造福重庆母亲/084
傣族群众举行欢庆仪式/089
水窖帮助妇女脱贫致富/092
水窖激发村民对美的追求/097
定西人民过上环保生活/099
受益农民刻碑表恩谢/102
一口水窖改变人生命运/105
妇女自制锦旗喜送妇联/109
"母亲水窖"让西部变绿洲/114
"母亲水窖"润泽彝族百姓/116

一、组织实施

- 神州大地响彻着一句满含深情的呼唤："关注西部，关注在贫苦和干旱中煎熬的西部母亲！"

- 老百姓很实在地说："妇联办的都是实事、好事，都像你们这么干，我们就不愁没有好日子过。"

- 陡坡村村支书徐文魁说："啥叫共产党、解放军？共产党和解放军，就是自己喝着苦水，给我们送来甜水的人啊！"

人民大会堂举行捐赠仪式

2000年12月1日9时30分,"情系西部·共享母爱"世纪爱心行动捐赠仪式,在人民大会堂浙江厅隆重举行。

全国人大常委会副委员长、全国妇联主席彭珮云,全国妇联副主席、书记处书记华福周,全国妇联书记处书记莫文秀,各有关部委领导,中央直属机关、国家机关代表,北京市委、市政府的领导,部分"爱心城市"的代表,认捐企业代表,部分捐款个人,出席了这次捐赠仪式。

莫文秀主持了当天的捐赠仪式。彭珮云在会上作了讲话。

在捐赠仪式上,中央直属机关、国家机关,徐州、珠海、福州、长沙、哈尔滨等12座"爱心城市",以及国家电力公司、中国电信集团、中国移动通信集团等10多家企业,纷纷向这次活动捐款,总计捐款1545万元人民币。

"情系西部·共享母爱"世纪爱心行动这一公益活动,自开展之后,就得到了社会各界的大力支持和广泛关注。

越来越多的人积极地参与到这次行动中来,他们中有年已古稀的老人，有幼儿园的孩子，有尚在读书的大学生，也有国家机关的公务人员。

有的在汇款单上不留名，有的把钱送到立刻就走。著名的拥军模范、江苏徐州的庄印芳大娘，专程从徐州赶来，送来了两万元钱。

截至 2000 年底，"情系西部·共享母爱"世纪爱心行动组委会，共收到社会各界的捐款 3000 多万元。

在捐赠仪式上，水利部农水司的领导、部分认捐企业的代表，也相继作了发言。

由于自然和历史的原因，西部广大地区，特别是甘肃的陇中、陇东，宁夏西海固和陕北一带，成为我国缺水最严重的地区。

这些地区年平均降雨量 300 毫米，蒸发量却高达 1500 毫米至 2000 毫米。

水利部农村水利司司长冯广志说：

> 没到过西北干旱地区的人，是很难体会和想象吃水难会难到什么程度的。

在这里，人们常说：

> 洪水一条线，干旱一大片。

相比之下，干旱的危害更深重、更长远。

我国各级党委和政府，十分关心人民的疾苦，把解决群众饮水困难作为一项政治任务，从人力、财力、物力等方面给予支持。同时，带领西部人民，因地制宜，开展了拦蓄地表水、改良劣质水、兴建饮水工程等一系列抗旱救助活动。

在甘肃，各级党委和政府推出了帮助每户农户建造一个100平方米的集雨场、两眼集雨窖、一亩庭院经济的"121工程"；陕西推出"甘露工程"；在宁夏，推出了"生命工程"等。各级党委和政府帮助解决了1000多万群众饮水、用水问题，使他们走上了脱贫致富的道路。

但是，由于受旱面广，加之农户居住分散，西部地区仍有1300万人缺水，其中，约有50万户家庭近300万人饮水严重短缺。

因为缺水，卫生条件恶劣，妇科疾病很常见，威胁着这些地区的母亲和儿童的生存。

能喝上一口干净的水，能给孩子洗个澡，就成了西部严重缺水地区贫困母亲的一个愿望。

建一眼水窖需要1000元，而1000元对于西部边远地区缺水的贫困家庭来说，是根本无力承担的。

一眼水窖可集雨水36立方米，一般一个农户建设两眼水窖，就可以基本解决人畜饮水问题，同时还可以解决浇地问题。

按照一个家庭两眼水窖计算，50多万户家庭，就需要10亿元。这实在是一个不小的数字。

如果仅靠政府拨款，很难一下子解决西部干旱地区散居农户的缺水问题。因此，必须依靠全社会的力量，运用多种形式，多方筹集资金，联手扶助。

为最大限度地发动国内外各行各业、各个方面、各界爱心人士，关注西部、关爱母亲，为西部因严重缺水而导致贫困的母亲和儿童，捐建"大地之爱·母亲水窖"，政府和相关部门密切配合，共同推动"母亲水窖"工程顺利开展。

人民大会堂举行义演活动

为进一步改善西部干旱贫困地区妇女的生存和发展环境，全国妇联、北京市政府、中央电视台联合举办了"情系西部·共享母爱"世纪爱心义演活动。

义演活动力求通过群团组织、人民政府、传媒机构各扬其长，联动为民办实事的公益事业运行模式，在世纪之交，面向全社会构筑一座"展示爱心、呼唤爱心、奉献爱心、答谢爱心"的爱心大平台。

由于中国社会转型期的人口流动，妇女成为西部贫困干旱地区农村的主要劳动力，她们不得不每日往返几公里甚至10多公里山路，找回生命之水。

在联合国千年发展目标制定之时，为了配合国家西部大开发战略，全国妇联发出号召：

举全国妇女之力，建西部美好家园。

这一号召的发出，是为了帮助西部贫困干旱地区的妇女和群众，解决饮水的实际困难。

2000年12月26日晚，人民大会堂成为万众瞩目的地方。

此时，在宏伟的人民大会堂里，灯火辉煌，来自全球华人地区的社会名流、慈善人士、演艺界和体育界明星，济济一堂。

这里，此时正举行一场名为"情系西部·共享母爱"的大型义演活动。

在电视机前的全国亿万观众的关注下，在西部同胞们满含热泪的目光中，一笔笔沉甸甸的善款，一颗颗炽热的爱人之心在此汇聚。

爱心带着全国人民对西部母亲的问候和关怀，从晚会的现场，从祖国的四面八方，从世界各地，汇集而来。

就在那一刻，血浓于水，互助互爱，扶危济困，饮水思源……中华民族的传统美德，再次绽放出炫目夺人的光芒。

在募捐活动中，完美公司带头捐赠了100万现金，资助西部山区建造水窖，并捐赠50万元日常用品给山区人民。

就在那一刻，神州大地响彻着一句满含深情的呼唤：

关注西部，关注在贫苦和干旱中煎熬的西部母亲！

此次义演活动，是20世纪最具影响力的爱心盛会，是千年一回的世纪爱心人士大聚会，是用实际行动支援爱心的晚会。

通过爱心人士的聚会，影响动员各级组织、各界人士,对公益事业进一步予以关心和支持,合奏"共建一个山川秀美的西部"的大乐章。

在这一次规模空前的募捐活动中,集体捐款有727笔。其中,捐款超过200万元的单位就有20多个。个人捐款1300多人次,共募集资金1.16亿元,全部用于"大地之爱·母亲水窖"项目。

这是一串激动人心的数字,更是一个用爱心谱写成的奇迹。

在这次公益活动举行一个多月之后,在全国妇联和中国妇女发展基金会的全力推动以及周密的规划下,"大地之爱·母亲水窖"工程,在祖国辽阔的西部大地拉开了序幕。

而此时,21世纪的第一个春天,正好来临。

会宁妇联深入村社抓水窖

会宁县是甘肃省使用"母亲水窖"项目资金最多、覆盖面最广、受益人群最大的县区。

实施水窖项目的乡镇,都是会宁县最干旱、最贫困、最边远的山区乡镇,分布的地域辽阔,山大沟深、交通十分不便,条件极为艰苦。

水窖项目从启动到竣工,需3个月的时间,要经过考察定点、宣传动员、技术培训、检查督促、验收等环节。

实施工程时间紧、任务重,整个过程就像一场激烈的循环赛。

为了打好这场硬仗,会宁县妇联主席梁贵荣,率领县妇联一班人,深入到村社。他们既是宣传员、战斗员,又是指挥员、技术员。

妇联的工作人员,常常每天步行30多公里山路,有的腿肿了、脚破了,有的生病了,但还是坚持工作。

梁贵荣带头亲临一线。她踏遍了124个项目社的沟沟坎坎,与近2000户农户进行面对面的交谈和指导。

梁贵荣经历了培训中三伏天的烈日暴晒,也经历了检查验收时大雪封山、坡陡路滑的恐惧。她更多次带病坚持工作。

2006年8月,由于长期的奔波劳碌,梁贵荣身体过度劳累,因而造成腰椎受伤,疼痛难忍。但是,梁贵荣仍然坚守岗位,带病进村入户,指导"母亲水窖"建设的工作。

后来,由于疼痛加剧,梁贵荣不得不去医院接受检查,医生确诊为腰椎骨节严重错位。

经过医生医治复位后,梁贵荣一天也没有休息,她随即又登上车,赶赴施工现场。

2007年10月,在项目验收中,由于天气突变,梁贵荣身体极为不适,上吐下泻,体力严重透支,精神状态特别差。

但是,梁贵荣不顾同事们的劝阻,依然带病进行项目验收。实在挺不住了,她才在农户的家中休息了两个小时。之后,梁贵荣又继续坚持工作。

在实施"母亲水窖"这一艰巨的工程时,许多像梁贵荣这样的基层妇联领导干部,身体力行,鞠躬尽瘁,把工作抓到实处,落到实处,使水窖工程得以顺利圆满完成。

在那流动的清澈的水滴中,饱含着千万妇联干部的心血和汗滴。他们用自己的行动,谱写了一首爱之歌。

金银村欢迎项目验收组

2002年底,妇联的"母亲水窖"项目验收组来到了重庆开县梓潼乡金银村。

这一天,全村群众敲锣打鼓,来到村口迎接项目验收组的到来。

孩子们舞动着手中的彩旗,放起了鞭炮。村里的姐妹们,亲热地围住妇联干部们,硬是往他们兜里塞自家种的柑橘。

还有许多村民,一定要把"恩人"往屋里请。他们一边拽着恩人的胳膊,一边说道:"家里煮好了稀饭,等着你们吃呢,现在有水了呀!"

贵州德江煎茶镇村民,在写给全国妇联的致谢信中这样写道:

母亲水窖使大家喝上了卫生水,昔日吃泥巴水的日子过去了,从此不再受挑水和吃水难的苦了!

幸福不忘妇联爱,喝水不忘挖井人!

2008年10月初,由天津经济技术开发区社会服务志愿者协会捐资修建的100眼母亲水窖,在甘肃肃南县祁丰藏族乡全部完工。

从此，祁丰藏族乡的群众和牲畜，告别了饮水艰难的历史。

肃南县祁丰藏族乡，地处河西走廊西端，这里山大沟深，干旱少雨，群众和牲畜饮水十分困难。

为解决该乡饮水困难的问题，2008年，肃南县妇联为祁丰乡争取到了由天津经济技术开发区社会服务志愿者协会捐助10万元建设的100眼"母亲水窖"工程。

在同年的5月初，水窖分别在祁丰藏族乡甘坝口、观山、文殊、珠龙关等10个村，开始动工修建。

项目自建设之后，县乡妇联坚持"把实事办好，把好事办实"的原则，高标准，严要求，力求把捐助者的关爱落到实处。

水窖全部竣工后，顺利地通过了项目组的验收。

水窖的建成，有效地解决了祁丰乡当时的100户372人以及3.1万头牲畜冬季的饮水问题，大大降低了妇女的劳动强度，对减少项目区水源性疾病的发生，提高妇女儿童的健康水平，促进地方经济发展，起到了非常积极的作用。

专家进行水窖工程评估

　　一眼"母亲水窖",可以解决一户家庭的饮用水;三五眼"母亲水窖",可以解决一户家庭的生产用水;而千万眼"母亲水窖",则可以让西部的千家万户走进希望的绿洲。

　　为西部妇女的救助需求和社会各界的捐助搭建爱心平台,从而切实改善西部干旱地区妇女及家庭的生存生产条件,是实施"大地之爱·母亲水窖"工程的初衷。

　　从2000年之后,在两年多的工程实施过程中,人们欣慰地看到:

　　从甘肃到重庆,从陕北到青海,从宁夏到内蒙古……在广袤的中国西部大地,一眼眼以"母亲水窖"命名的集雨节灌窖,在黄沙旱土中矗立而起。

　　"母亲水窖"留住的不仅仅是一滴滴的雨水,更是留住了乡亲们心中对生命的渴求和期待。

　　由于修建了"母亲水窖",从而远离了缺水干旱的威胁,西部大地上数以十万计的家庭,生活状况和生产条件已经得到了巨大的改善。

在"大地之爱·母亲水窖"项目的拉动下,包括种植、养殖、加工等相关项目在内的综合扶贫、立体扶贫规划,正在稳步推进之中。

"母亲水窖"为无数饱受干旱折磨的母亲,为千千万万挣扎在贫困线上的家庭,蓄积了丰足的雨水,送去了炽热的爱心,也带来了幸福生活的希望。

虽然实施的时间只有两年,但着眼于西部妇女事业的可持续发展,"母亲水窖"工程已显示出深远的影响力和强大的生命力。

2003年初,水利部水利水电科学研究院、清华大学、中华女子学院等机构的专家,共同完成了该工程的项目评估。

"评估报告"中指出:

> "母亲水窖"项目的实施,使西部妇女在相当大程度上得以平等地共享水资源,作为发展基础条件的生存权利得到了相应的保障;她们的自我保健意识开始觉醒,所获得的相对丰富的水资源更是直接促进了其健康状况的好转。
>
> 水窖项目的实施,使西部农村妇女摆脱了水资源匮乏所带来的生活和生产上的诸多限制,使她们有条件有时间从事种植业、养殖业等多种经营,走上共同致富的道路;还使广大西部妇女的发展能力得到了切实的提高,推动她们

在基本生活需求得到保障的前提下自觉参与社会发展，在经济、政治等各个领域争取自主、平等、幸福的生活。

在"母亲水窖"工程实施过程中，各级领导干部拉近了与普通百姓的情感距离；妇联组织实施项目的管理水平得到了进一步提升，妇联干部的组织协调能力也得到了切实的锻炼，妇联组织影响力和凝聚力进一步增强。

受益于此项目的西部群众，如今都把为他们送来水和希望的妇联同志，当成了"救命恩人"。

"母亲水窖"项目初见成效

2001年2月,中国妇女发展基金会启动"大地之爱·母亲水窖"项目之后,在全国妇联的指导下,在各级党委政府、各级妇联组织、水利等部门的大力支持下,从大局出发,为弱势群体的救助需求和热心捐助的志愿供给搭起爱心平台,以民间的方式动员社会资源,实施"大地之爱·母亲水窖"项目。

自该项目实施后,截止到2001年底,"大地之爱·母亲水窖"共投入专项资金5000多万元,加上7000多万元的配套资金,共完成1.2亿元的项目实施,修建了5.4万眼水窖和731处小型供水工程,遍布以西部为主的15个省、区、市的159个县,使38.47万各族百姓受益,工程优良率达到98%。

该项目的投放资金量大、速度快、受益面广,取得了显著效果,群众反响极好。

人民群众将该项目称之为"连心工程""形象工程",说自己"摊上了千年等不上的大好事"。

项目的实施,为西部干旱地区妇女提供了有效的可持续发展空间,解决了干旱地区群众的饮用水和生活用水问题,实现了西部缺水地区人民有水吃的梦想。

与此同时,还增加了收入,改善了生活,妇女有条件、有时间进行种植、养殖和其他社会活动。

据宁夏海原县的统计显示，2001年与2000年相比，项目户人均增收120至268元，粮食人均增收30公斤；提高了健康水平，减少了妇科病的发病率；提高了妇女素质和能力，促进了她们思维方式和观念的转变；提高了妇女的地位，减少了家庭暴力。

同时，生态环境也得到了相应的保护和改善。如内蒙古凉城县，在退耕的旱坡地种树、种草、养牛，一杯水变成了一杯奶，实现了生态环境及经济效益的双丰收。

"大地之爱·母亲水窖"项目，呼唤互助互爱的道德意识、健康文明的生活方式和回报社会的责任意识，为社会吹进了一股清风，在一定程度上推动了社会道德水准的提升以及社会氛围的日益向善。

受益群众精神状态发生变化，邻里互助，家庭美德得到发扬。

定边县的受益群众自发捐款1100元，给一个小学打水窖，这是典型的反哺行为。很多乡村在项目实施后，被评为"精神文明先进村"。

"大地之爱·母亲水窖"项目，使项目区的妇联干部，经受了市场经济的洗礼，拓展了工作思路和工作方法，妇联组织的影响力和感召力大大增强。

妇联及妇联干部在项目实施中所表现出来的作用和才干，引起了各级党政领导的高度重视。

有许多县为妇联配备了专用车辆，甚至增加了工作经费。有的妇联干部被提拔，担当起更大的责任。

此外，"母亲水窖"项目的实施，改变了群众对妇联工作的看法，老百姓很实在地说：

> 妇联办的都是实事、好事，都像你们这么干，我们就不愁没有好日子过。

实践证明，"母亲水窖"项目的实施，符合时代要求、人民利益和自身公益使命，是一项适合国情民情的重要的公益行动。

重庆妇联验收水窖工程

2005年7月19日,重庆市妇联副主席文玲一行,赴城口验收"大地之爱·母亲水窖"工程。

7月20日,文玲一行在县委副书记吴立培,县妇联、水利局领导的陪同下,到咸宜乡验收"大地之爱·母亲水窖"工程。

验收组成员详细查看了工程实施情况,对受益农户进行了实地调研。

城口"母亲水窖"工程,在2004年8月开工建设,2005年4月18日竣工。

水窖的建成,解决了群众以及牲畜的饮水难问题,极大地解放了农村妇女劳动力,促进了当地农村经济的发展。

在座谈会上,县妇联主席魏光平,对"大地之爱·母亲水窖"项目建设情况,作了详细汇报。

魏光平说,建设中群众积极性高,项目管理严格,完善了建后管护制度。

通过"母亲水窖"工程的实施,当地妇女同胞的地位有了明显的提高,妇女劳动力得到了一定的解放,干群关系开始明显改善。

市水利局专家认为,城口"大地之爱·母亲水窖"

工程水源水质好，供水设计合理，质量合格。

妇女联合会副主席文玲认为：

"大地之爱·母亲水窖"在城口是第一期工程，但是县各级领导高度重视，各部门通力合作，齐抓共管，水利部门精心设计施工，因地制宜地建设了"一大八小九口水池"，质量优良，同意验收过关。

建议设立永久性标志，加大宣传力度，扩大知晓面，加大资金使用透明度，管理好工程。将继续向上争取项目，条件成熟后实施二期工程，进一步解放贫困山区妇女的生产力。

在西部地区负责该项目的部门和工作人员的大力支持和督导下，"母亲水窖"为更多的家庭排忧解难，带来了幸福与快乐。

大地之母，滋养着生命的源泉；大地之爱，延伸出西部人民美好的生活。

云南加大培训宣传力度

2008年8月的一天，中国妇女发展基金会组织检查验收组，在云南省妇联同志的陪同下，分别到云南省保山市隆阳区，德宏州盈江县，丽江市玉龙县、古城区，检查验收"水·妇女·健康与发展——星巴克与'母亲水窖'""香港回归扶贫循环金"项目。

检查验收组深入项目实施地，采取听汇报、查阅资料、实地走访座谈等方式进行检查。

中国妇女发展基金会副秘书长秦国英，简要介绍了中国妇女发展基金会的基本情况、基金会项目、项目资金管理等基本情况。

秦国英指出：

要有全国一盘棋的思想，把重点放在妇女参与和妇女群众思想观念改变上；进一步创新宣传方式，加大宣传工作力度；注重地方模式的建立，创新发展模式，及时总结经验并加以推广。

云南省对"母亲水窖"项目的培训工作很有针对性，而且覆盖面比较广。

根据项目要求，云南省项目的宣传培训工作，自2007年7月开始实施，以保山市隆阳区瓦渡乡荒田村，德宏州盈江县太平镇、盏西镇为试点，并在项目实施地开展妇女健康、水源保护、个人卫生及生存技能等方面的培训。

在省级和县级水利、卫生等部门的支持配合下，"水·妇女·健康与发展——星巴克与'母亲水窖'"项目实施顺利，到2008年7月31日，圆满完成了各项任务。

在云南省被确定为项目实施省后，省妇联及时地开展省级妇联干部培训，来自全省16个州、市129个县的项目相关妇联干部，以及执行"水·妇女·健康与发展"项目的业务技术人员155人参加了培训。

在培训中，每个人都真正领会了此项工作的重要意义，掌握基本的工作要领，以便在实施过程中有的放矢，做到有效的监督和指导。

此次培训结束后，紧接着，妇联又在盈江、隆阳两个县区，利用3个月的时间，培训县区、乡、村三级妇女骨干，以及以妇女为主的普通群众。

在开展的宣传活动中，利用项目县区的电视台、广播，通过专门栏目宣传水、环境卫生与健康教育知识。

结合"计划免疫""禁毒防艾"等宣传日，有关部门开展相关的卫生健康咨询，以及普及妇幼健康知识的宣传活动。

在村委会、卫生所和主要街道等显著位置，设置墙报或黑板报，书写醒目的永久性宣传标语，深入农户，张贴卫生健康挂图等。

经过不同层次的宣传和培训，项目地的农民，特别是妇女增强了卫生健康意识，逐步养成了良好的卫生习惯和健康行为，身体健康状况及劳动素质得到了进一步的提高。

胡锦涛牵挂陡坡村

2007 年的岁末,一封来自千里之外的长信,放在了中共中央总书记、国家主席、中央军委主席胡锦涛的书案上。

信是这样写的:

俺贫水山区的老百姓,能在家门口喝上甘甜的井水,这是村里人从来都不敢想的事啊!乡亲们喝在嘴里,甜在心里,打心眼里感谢共产党!感谢亲人解放军……

生活着 300 多户各族群众的陡坡村,位于宁夏南部西海固,一个被联合国定义为"不适合人类居住"的地区。

那是一个让胡锦涛总书记牵挂的地方。

2007 年 4 月,胡锦涛在宁夏考察工作时,他特意来到固原市彭阳县白阳镇陡坡村,同村干部、卫生保健员和村民们广泛交谈,详细询问卫生室能不能提供基本卫生服务、娃娃们上学要不要交钱、村民生活还有哪些困难……

在会见驻银川部队师以上领导干部时,胡锦涛要求:

部队要积极投身西部大开发和社会主义新农村建设，不断巩固军政军民团结和民族团结，为促进宁夏经济又好又快发展，为构建社会主义和谐社会作出新的贡献。

就在总书记结束考察后的几个月，宁夏军区给水部队来到陡坡村，为村民们打出了3口甜水井。

喜讯传来，胡锦涛作出批示：

宁夏彭阳县陡坡村全体村民来信，感谢宁夏军区给水部队帮助他们打井，解决了吃水难的问题。

请向给水部队全体官兵转达亲切慰问。希望再接再厉，做出更大成绩。

陡坡村村支书徐文魁，准确地记下了胡锦涛在村里停留的时间：36分钟。

总书记每一句叮嘱的话语，每一个关切的眼神，徐文魁都铭记在心，难以忘怀。

有一件事，却让徐文魁始终难以释怀。

"我们都没让总书记喝上一口水啊！唉……"一声长长的叹息，表达出他内心的遗憾和无奈。那样的苦咸水，怎么能让总书记喝呢？

海拔1700多米的陡坡村，严重缺水。黄土高原特有的地质结构，数十倍于降水量的蒸发量，让缺水的历史，持续了一代又一代。

因为缺水，集雨而成的窖水是全村人的主要水源。挖个坑，用黏土糊上四壁，或是抓把梭梭草垫在水窝里，就是一个窖。

经常漂浮着羊粪蛋和柴草的窖水，让不少人患上了肠炎、结石等疾病。

在少雨少雪的陡坡村，就是这不干净的窖水，也无比珍贵，大部分村民很少有过洗澡的记忆。

至于洗脸，用的是碗而不是盆。洗脸不叫"洗脸"，叫抹脸。手指头蘸点水，往脸上一抹，全家几口人共用一碗。用过的水沉淀后，接着喂牲口。

因为缺水，几公里外沟谷里发现的一眼泉水，曾让人们欣喜若狂。挑水的老老少少，驮水的驴马，在原本没有路的斜坡上，用深深浅浅的足印，踩出了一条窄而陡峭的小路。

在这条路上，常有牲口连同好不容易才装满的水罐，一起重重地滑倒。

有时候，人与人，甚至人与牲口之间，还会发生冲突，只为那几袋烟的工夫才能渗出一葫芦瓢的清水。

因为缺水，在更多的天不下雨、泉不渗水的日子里，人们只能从10公里以外的县城买水。水费和运费加起来，一吨超过40元钱。

对于这油一般金贵的一吨水，六七口人的家庭，精打细算能用上一个月。

即便如此，买水的钱也足足占去并不富裕的村民年收入的三分之一。

水，在西北山区成了稀罕物，让人望眼欲穿。

宁夏军区官兵奋力打井

2007年9月16日，宁夏军区给水团官兵，奉命从驻地银川，开赴400公里外的固原市彭阳县白阳镇陡坡村。

离村口还有老远，就见在荒凉的黄土地上，突然出现了两道人墙。

在大风里已经站了几个小时的村民们，见到官兵后，毫不多言，只是争先恐后地往官兵们手里塞煮熟的鸡蛋，往钻头上挂西北人家嫁女儿时才用的大红绸子。

乡亲们的无言，却让官兵们读懂了乡亲们眼中的那种热切的期盼。

为了这期盼，总工程师穆真明，违背了送女儿去大学报到的承诺，率队赴陡坡村勘查水源；士官尹兵华，毅然告别了新婚的妻子，辗转3000多公里，直接赶到陡坡村上了钻台……

在官兵们奋战了20天之后，终于打出了3眼深水井。而且，眼眼水井中的水，都是清冽甘甜。

但是，打井的过程并不是一帆风顺的。

就在部队进村的当天晚上，陡坡村骤降2007年的第一场雨。村民们都高兴地说，这是解放军带来的喜雨，他们是"水神"哪！

可是，大雨却愁坏了钻井三连连长刘涛。别说钻前工序，就连战士们的冬衣，此时都还没有取出来，帐篷也没来得及搭建起来，晚上该怎么办呢？

正在发愁时，只见村民们拉着战士们的胳膊，说着："来俺们家里睡吧！"

但是，刘涛却说："我们部队有纪律，出来打井不能打扰老百姓。"

陡坡村小学校长张瑾说："我们的教室正在修建中，没有安玻璃，如果不嫌弃，请先住那里吧。"

刘涛说："等雨小些，我们就赶紧搭帐篷……"

"泥水地里哪能睡人！"不容刘涛把话说完，几位老师抢过战士们的铺盖，就往教室里搬。

这一夜，长途奔波了七八个小时的官兵们，在高低不平的课桌上，和衣而眠。

待官兵们醒来时，却意外地发现，四周的窗户都挂上了老师们从家里送来的毯子。

不利的天气，只是考验的开始。在此后的 20 多天里，雨雪和险情就没有断过。这使得官兵们的心，一次次地提到了嗓子眼。

大雪还一度阻断了炊事班给官兵们送水的路。

看到战士们渴得端着脸盆盛脏水喝，村支书徐文魁说：

> 啥叫共产党、解放军？共产党和解放军，就是自己喝着苦水，给我们送来甜水的人啊！

恶劣的天气让官兵们揪心，但更揪心的是陡坡村的老百姓。

自打部队的钻井竖起来，巨大的轰鸣声响起来，老乡们就天天来井位，左转转、右看看，开口问的都是同一个问题："这水，啥时能出啊？"

战士们憨憨地一笑："快了！"

刘涛补充说："打不出水，我们就不走！"

上岗的给水兵8小时一班，而此时60岁的张耀儒，却在这把他家炕震得直发抖的轰鸣声中，幸福得好些天彻夜难眠。

给水团为陡坡村打的第三口井，就打在张耀儒的家门口。

年轻时曾到周边省市打过工的张耀儒，是村里公认的打土井的好手。张耀儒这一生，共挖过11个水窖、3口土井。

但是，却一直没有挖出令人满意的水源。有人"指点"张耀儒说，你家院子斜对面的两棵小白杨树之间有水。

于是，张耀儒就拉上两个儿子，一挖就是两年。在挖到64米深的时候，还真出水了！

但是，张耀儒很快就沮丧了，这些水一天只够打一桶，遇到干旱，3天才凑出一桶水。可张耀儒全家有10多口人哪！

等到陡坡村的第三眼井开钻，张耀儒一夜之间成了全村人羡慕的焦点："那不等于把自来水管接到他家锅里了吗？"

有村民就对张耀儒说："张大爷，你应该给解放军杀两只鸡啊！"

张耀儒说："人家连一个鸡蛋都不要，我还能咋办呢？！"其实，张耀儒为这事，已经寻思很久了。

那个让张耀儒头疼的"群众纪律"，把他的任何心意都打消了。

而战士们一下岗，反倒经常帮张老汉打扫打扫院子，整理整理草堆，拦都拦不住。

2007年10月6日，一场把山桃树都压弯了的大雪，让彭阳县的气温跌至零摄氏度以下。这使得官兵们的"冬天像冰箱、夏天像烤箱"的帐篷又湿又冷。

张耀儒再也坐不住了，于是他赶忙拎上3个火炉，走进了官兵们住的帐篷。

但是，战士们却不收，说着："连长不在，我们做不了主。"

在张耀儒第六次进帐篷的时候，连长刘涛终于回来了。但是，依旧是不收。

这个平日里笑眯眯的张老汉，此时皱纹都气得绷紧了。他对刘涛说道："都冻成这样了，你这个当官的，忍心让娃娃们受苦吗？"

最后，刘涛终于破例了。

"解放军的床上连褥子都没有，我睡着热炕，哪里睡得着啊？"于是，张耀儒就每天悄悄地进战士们的帐篷，把战士们的湿衣服收走，放在自家烧得滚烫的炕上烤。干了之后，他又不动声色地送回去。

在给水团的官兵们打井的日子里，乡亲们心里总是不踏实。

怀疑被毫不掩饰地写在了乡亲们的脸上，直到白花花的、没有任何杂质的水真的从地里冒了出来的那一刻。

第一口井出水的那天，村里鞭炮、锣鼓齐鸣。老人们牵着娃娃，媳妇们穿上了新衣服。

在县城打工的青年后生也回来了，方圆百十公里的乡亲们来了，一个个把手伸到水管下面，看着那泉水怎样欢跃地从指尖流过。

此时，年过半百的黄志伟说："我活了半辈子，从没看到过这么大的水！"

"甜啊，跟商店里卖的矿泉水一个味道！"一大早从邻村赶来的吴廷库老人，捧着水大口大口地喝起来。一时间，长长的白胡子被水打得湿漉漉的。

洗井的浊水，乡亲们也舍不得放走，灌满了水窖，又引入了树丛里。

"老师，老师，小树在大口大口地喝水哩！"孩子们高兴地蹲在树丛边，一看就是半天。

袁继荣、景希康老哥俩，打开了一瓶几年没舍得喝的酒，才抿几口，就醉得回不了家了。

"解放军好"几个字，他们喃喃地叨咕了一夜……

苍凉的山村，何时有过这般盛大的节日？繁衍生息于这里的人们，几时尝过这从高原深处涌出的甘冽的泉水啊！

这甘冽的泉水，让山醉了，树醉了，也让乡亲们的口醉了，心醉了。

从此，乡亲们开始满怀信心地勾勒着心中那曾经想都不敢想的生活前景。

"母亲水窖"工程意义重大

宁夏回族自治区是中国最缺水的地区之一，在盐池县王乐井乡狼洞沟村，自2000年以来，几年间一共才下过四五场雨。

由于常年干旱缺水，土地干裂，本应该长到一人多高的庄稼，只长了10多厘米高。

全村用来储存雨水的水窖，已经全部干枯。村里曾经建成的蓄水池也早已废弃。

缺水，让11岁的小姑娘李涛涛过早地尝到了生活的艰辛。

由于缺水，家里的庄稼颗粒无收，涛涛的爸爸被迫出去打工，挣点辛苦钱买一家的口粮。

每天，涛涛都要陪聋哑的妈妈到村外的一口咸水井去拉水。每次至少要走3个小时。

水，在涛涛幼小的心灵里，早已成了非常痛苦的记忆。涛涛说：

我们没有水，也吃不上，也喝不上水，心里很难过。

在与宁夏相邻的甘肃省东乡县，这里的村民曾经比李涛涛她们还要苦。

因为这个县地处山区，以当土村为例，前些年，他们要到 10 多公里以外的刘家峡水库去拉水，而且一路上全都是山路。

中国妇女发展基金会的副秘书长秦国英，在这个县走访时，曾经遇到这样一件事。

秦国英回忆说：

我到一个人家去，家长就拿出家里仅有的一点水来给我们喝。

然后，孩子一看有水，他也想去喝，结果不小心把这水给碰洒了。

妈妈就要揍这孩子，孩子顾不上妈妈揍，趴在桌子上就把水喝干了。

当时我们看了这种场景之后，心里真的挺难过的。

不过，如今当土村的村民们，已经不用再外出拉水了。2001 年，中国妇女发展基金会帮助这个村子修建了 203 口水窖，解决了部分村民生活用水的问题。

自从有了水，以前只能几个月洗一次衣服的村民王建丽，现在每天都能洗了。

王建丽的丈夫也从每天外出拉水的劳作中解脱出来，出外打工赚钱了。

王建丽说：

> 以前丈夫他要驮水，不能出门打工，每天驮水。就是因为挖了"母亲水窖"，现在家里有了水。有了水，丈夫就可以出门打工挣钱了。

2000年，全国妇联联合中国妇女发展基金会，募集了善款1亿多元人民币，设立了"大地之爱·母亲水窖"专项基金，开始实施"母亲水窖"工程。

"母亲水窖"，就是先在地下挖一个20到30立方米的地窖，再用水泥加工窖壁，以防止水渗漏到泥土当中。然后在地窖外铺几十平方米的水泥地面。这个水泥地面是从四周向水窖倾斜的，可以使水顺势流进水窖。

"母亲水窖"实际上积蓄的是雨水，下雨的时候，雨水会集中流到水窖当中。水窖的入口很小，水存在里面不容易蒸发。

在严重缺水的地区，修建用来集雨的水窖，是有效利用雨水资源以解决缺水的最简便、最经济、最实用的办法。

每一口30多立方米的水窖，可以保证一个三五口之家一年的人、畜饮水。

现在，"母亲水窖"项目受益面已经覆盖了陕西、甘肃、宁夏、青海、内蒙古、四川等10多个省、区、市，共修建了10万多口集雨水窖和1000多处小型集中供水工程。

全国妇联书记处书记莫文秀,对"母亲水窖"实施给农民,尤其是给农民妇女带来的实惠深有感触。

莫文秀说:

这个项目实施以后,我们所到之处,真的是改变了项目地群众的精神状态,也改变了他们的生存环境。

那里的人原来10多天都不洗一次脸,现在开始讲卫生了。原来的妇科病发病率比较高,家庭的环境也较差,现在都改善了。

莫文秀表示,"母亲水窖"专项基金投入每口水窖的平均经费是1000元,剩余部分由当地政府自筹,农民出工。

中国疾病预防控制中心农村改水技术指导中心主任陶勇说,"母亲水窖"工程所做的安全饮水工作,意义很重大。

陶勇说:

因水致病、因病致贫,这种现象在我国贫困地区是时有发生的。

作为中国妇女发展基金会来说,虽然安全饮水工作投入的资金量很小,但是它做的意义却是非常重大的。

投资农村改水，是会产生很大的健康效益、经济效益和社会效益的。

水对于一个人来说，是无比珍贵的；"上善若水"，在我们的世界上，水确实是最美好的东西。

"母亲水窖"工程仍然在继续实施着，为西部干旱地区和饮水不安全地区的妇女儿童，带来更多的福音。"母亲水窖"工程诠释了水的珍贵，更能折射出人性的光辉。

二、社会行动

- 广东太平海关副关长夏雪春说:"1000块钱对于我们广州人真的不算什么,可对于西部百姓来说,就是一口生命水窖。"

- 北京市副市长孙安民表示:"作为首都,作为经济发达的城市,面对西部兄弟姐妹的迫切需求,我们有责任,也有义务,为西部地区的群众尽绵薄之力。"

- 爱心公益大使梁朝伟说:"1000元在城市里可能只是人们的一件衣服、一顿饭、一个玩具,但在西部却能解决一个村子孩子的喝水问题。"

劝募书震动亿万心灵

由全国妇联和中国妇女发展基金会倡导的"大地之爱·母亲水窖"工程，以协助政府落实国家扶贫攻坚战略为目标，响应国家西部大开发的号召，开展助西扶贫活动，救助西部边远山区及贫困地区的母亲和儿童，帮助他们摆脱因严重缺水而造成的生存和生活困难，走上致富之路，共建西部美好家园，这是"母亲水窖"工程的宗旨。

这一呼吁在最短时间内，得到了来自全国乃至世界各地爱心团体和热心人士的积极响应，从而为"大地之爱·母亲水窖"工程的实施，奠定了良好的社会基础和资金基础。

一份"大地之爱·母亲水窖"劝募书，不知打动了多少善良的心灵。

这份劝募书是这样写的：

在你我生活的城市中，便捷的用水早已习以为常，只需轻轻一触，就可获得清澈的水流。

而在西部干旱地区，孩子们上学之前只能噙一口水洗脸……

母亲们只有一瓢浑水煮饭……

人们常年不洗澡……

不是他们不讲卫生，而是实在缺水。

那里的人们每天要走几公里甚至10多公里路去取水。"半夜出门去翻山，翻过一山又一山。鸡叫天亮找到水，回家太阳快落山。"这是西北山区广为流传的一首民谣，它诉说着山区百姓的无奈，也道出了山区人民饮水的艰辛。

由于自然和历史原因，西部，尤其是甘肃、宁夏和陕北一带，成为历史上缺水最严重的地区。那里年平均降雨量只有300毫米左右，而蒸发量却高达1500~2000毫米以上。严重缺水，导致当地农民生活贫困，教育落后，妇女儿童的生存健康状况亟待改善。为了谋生，男人们不得不纷纷外出打工，妇女几乎承担着全部的生活重任。

挖土窖，平场院，积蓄雨水，由来已久，代代相传，这是百姓获取基本生活用水的有效办法。投入1000元，就可以建一眼集雨水窖，解决一家人的饮水问题，等于一家人的生存和希望。因为贫困，许多家庭无力修建一眼像样的水窖。在辽阔的西部，还有近千万的母亲在与严重缺水苦苦搏斗，她们想水、盼水、哭水、梦水，向五湖四海呼唤水。

西部贫困母亲正在为改变缺水状态而努力

拼搏。她们需要社会各界的救助，帮助她们修建集雨水窖。帮助她们留住雨水，就是帮助她们播下丰收的种子，播下美好的希望。今天我们送给西部贫困母亲一眼水窖，明天她们将还给西部一片绿洲。

积德行善、扶危济困是中华民族的美德，伸出您的双手，奉献您的爱心，捐赠1000元给西部母亲一份绿色的希望，让我们携手共建"大地之爱·母亲水窖"。

在全国妇联和中国妇女发展基金会，以及各大媒体的大力宣传推动下，一笔笔善款，带着同胞们的厚爱，带着妇联干部的真情，撒播到了干旱已久的西部大地。

基金会组织捐赠者回访活动

关注西部贫困干旱地区人民对水资源的迫切需求，为广大慈善团体、爱心人士搭建一个爱心平台，让西部的母亲和孩子摆脱干旱和贫困，拥有健康、幸福的生活。这些就是全国妇联和中国妇女发展基金会发动和实施"大地之爱·母亲水窖"工程的最终愿望。

为了管理好来之不易的善款，使其发挥救助西部妇女儿童的最大功效，中国妇基会依托各级妇联组织，在水利等部门的技术支持下，逐步建立了从立项、审核、施工到监测、验收等一整套项目管理机制。

同时，设立了"大地之爱·母亲水窖"项目管理领导小组，成立了项目管理办公室和监督委员会、专家小组，并与资助者、政府、社会形成了互动的监督体系，做到财务全透明管理，确保基金的合理投放和项目的顺利执行。

2002年8月，为了检测工程实施的效果和进度，本着对捐助者高度负责的态度，中国妇女发展基金会特意邀请了部分捐款单位代表和捐款个人，赴西部进行"母亲水窖"实地回访活动。

在回访中，来自沿海、内陆的捐助人，感受到了西部自然环境的恶劣，亲身体会到了干旱地区人民生活的艰辛，更切实感受到了"母亲水窖"给广大西部母亲带来的巨大福祉和现实利益。

从甘肃省陇南武都县回访归来的广东太平海关副关长夏雪春，曾这样描述自己的感受：

1000块钱对于我们广州人真的不算什么，可对于西部百姓来说，就是一口生命水窖。

这次回访让我是实打实地受到了教育，我以后要让我们那儿的年轻人也来看一看，当然不是来玩，而是来学习，来受教育。

广东省直属机关工委的郭根山说：

到了西部，我看到了一眼眼"母亲水窖"。水窖带给老百姓的不仅是水，也是一碗一碗的金子。我们的钱没有白捐！

"大地之爱·母亲水窖"这项跨世纪的爱心活动，改善了西部干旱地区数十万人民贫穷的生活面貌，成为千千万万西部妇女儿童幸福生活的源泉，在广袤的西北大地上立起了一座又一座爱心的丰碑。

社会各界伸出援助之手

2001年初,酒泉军分区动员干部、战士和职工,为修建"大地之爱·母亲水窖"踊跃捐款,捐款总数达到4.2万余元,受到了省军区的通报表彰。

酒泉军分区把这次捐款活动作为拥政爱民和支援西部大开发的一件大事来抓,先后两次召开机关大会教育动员,并向县、区、市人武部和边防部队下发通知,使军分区官兵明确了这次捐款活动不仅是响应全国世纪爱心行动,体现人民军队爱人民的政治本色的需要,也是作为西部地区军分区系统义不容辞的责任,更是职能任务所系。

在统一了大家思想认识的前提下,动员干部、战士及职工,做到"六少一多",即少抽一包烟、少喝一场酒、少搭一份礼、少给一份压岁钱、少买一件高档衣物、少参加一次消费性社交活动,多交一份爱心款,调动了大家奉献爱心,贡献社会,造福人民群众的积极性和自觉性。

军分区机关在2000年把酒泉市西洞镇西洞村确定为扶贫点后,又重点扶持5户贫困户和一所贫困小学,先后发动官兵捐款近2000元,同时还组织参加了省、区、市组织的其他捐款活动。

在这种情况下,大家并没有产生厌烦的抵触情绪,而是积极地响应号召。

时任军分区司令员的陈启军、政委王银海带头捐款。在军分区领导的带动下,机关干部、战士和职工,也都踊跃参加,干部捐款均在100元以上。

一些因出差、休假、看病等外出的干部,在听到消息后,也都以打电话请同事代交、加急汇款或通知财务部门直接从本人下月工资中扣除等方式,参加了捐款活动,最后参加捐款的人数达到100%。

在为"母亲水窖"捐款活动中,每个人的爱心都得到了很好的体现。

2007年8月30日,中国石油集团公司万眼"母亲水窖"捐赠暨宁夏固原市2000眼"母亲水窖"实施启动仪式,在彭阳县草庙乡启动。

全国妇联副主席、书记处书记莫文秀,宁夏回族自治区政协副主席朱佩玲出席了这次启动仪式。参加启动仪式的还有中国石油集团公司相关负责人。

时任自治区党委副书记的于革胜,在银川会见了莫文秀及中国石油集团公司有关负责人。

于革胜说,从"春蕾计划"、"小额信贷"、"健康快车"到"母亲水窖",全国妇联对宁夏的妇女儿童事业发展给予了很大的支持。特别是"母亲水窖",对山区群众犹如雪中送炭。

于革胜代表自治区党委和政府,对全国妇联表示感谢,并对中国石油集团情系西部、关爱贫困山区的行动深表谢意。

在推动"母亲水窖"工程方面,不仅是中国石油集团公司,还有许多企事业单位,也向西部人民伸出了援助之手。

2008年4月29日,新华保险与全国妇联、中国妇女发展基金会,在中山音乐堂举行"大地之爱·母亲水窖"二期500万元捐赠仪式。

全国妇联副主席莫文秀和新华保险总裁孙兵,在捐赠协议书上郑重签字,中国妇女发展基金会副秘书长秦国英、苏黎世金融服务集团CEO金世禄等作为见证人,也参加了这次捐赠仪式。

2006年,新华保险在全国15万内外勤员工中,掀起了捐款热潮,仅员工个人捐款就达200万元。

新华保险还在2006年卖出的每一份保单中,抽取一元管理费用,作为"母亲水窖"专项基金。

孙兵在捐赠仪式上表示:

"大地之爱·母亲水窖"是解决西部贫困地区饮用水问题的大型公益项目,是功在当代、利在千秋的造福工程,我们为自己所做出的努力而自豪。

同时,也为越来越多的企业参与到"母亲水窖"项目和其他公益慈善事业感到由衷的喜悦。

莫文秀肯定了新华保险公司的社会责任感、对社会公益事业的热情关注与积极参与。

同时，莫文秀还真诚地感谢新华保险公司对"大地之爱·母亲水窖"大型公益项目所作出的杰出贡献。

莫文秀还表示：

新华保险总额千万元的捐赠，是"大地之爱·母亲水窖"续写行动开展以来，迄今为止收到的最大的一笔捐赠。

新华保险对中国妇女公益事业的爱心捐助，对公益慈善事业的持续努力，将进一步增强公司的凝聚力和向心力，不仅会使企业的公益形象得到更大的提升、更加广泛的认同，而且将有力地推动企业的可持续发展。

2009年6月29日，青岛市崂山区妇联、崂山区妇女人才促进会、崂山广播电视中心，在区行政大厦举办了"大地之爱·母亲水窖"捐赠仪式。

崂山区领导以及部分爱心单位与个人参加了此次捐赠仪式。

2009年年初，甘肃省东乡族自治县回族少年马虎才尼，患血小板减少性紫癜，来到青岛市崂山区进行治疗。

解放军四〇一医院崂山分院，安排了最好的医生为其免费治疗。教体局还安排了最好的教师，为马虎才尼辅导功课。

把马虎才尼免费治愈之后，有关人员送其回家时，大家看到了在西部农村仍有很多家庭建不起水窖，吃水十分困难。

有关部门经过与甘肃省东乡族自治县县委、县政府联系，确定崂山区帮扶的对象是董家沟村、土坝塬村。

东乡族自治县是国家级干旱贫困县，历史上就有"陇中苦瘠甲天下，东乡苦瘠甲陇中"的说法。

董家沟村、土坝塬村是该县的贫困村，贫困面高达85%，年人均纯收入不足千元。但是，从外界运水的价格却达到每立方米20至80元。

两村中有14岁以下贫困女童78人，需要帮扶的女童家庭有45户，严重缺水女童家庭有40户。

因为干旱、贫困，那里的女童入学率低、辍学率高。毫无疑问，今天的女童是明天的母亲，一代母亲影响一代孩子，一代孩子影响一代历史。关注女童，在根本上就是关注民族的未来。

基于此，崂山区妇联、区妇女人才促进会、区广电中心面向区妇联执委、区妇女人才促进会会员募捐，再建水窖。

在捐赠仪式上，崂山区委副书记郭德利对捐建活动给予了充分肯定。

郭德利说：

　　希望全区各界关注西部、关注贫困、关注缺水地区的母亲和儿童，帮助西部贫困母亲修建水窖，促进西部地区发展。

　　要通过这一活动，增强全社会的责任意识，弘扬慈善文化和理念，营造人人乐善好施的社会氛围。

郭德利还强调指出：对捐赠的善款要统筹安排，合理规划，努力实现项目建设效益最大化，让崂山人的爱心在西部结出丰硕的成果。

在社会各界的大力支持下，"大地之爱·母亲水窖"工程得以顺利开展，让更多的西部人民，感受到来自企业和全国各地同胞的爱心与支持，尽情感受"水"给他们带来的幸福生活。

"母亲水窖"续写行动启动

2005年5月24日,"大地之爱·母亲水窖"5周年续写行动启动仪式,在人民大会堂举行。

全国人大常委会副委员长、全国妇联主席顾秀莲,全国妇联副主席、书记处第一书记黄晴宜,北京市副市长孙安民,全国妇联副主席、书记处书记莫文秀,中央电视台副台长高峰等领导,以及其他部委领导,出席了启动仪式。

出席这次启动仪式的还有企业代表、明星代表、媒体代表、学生代表等近300人。

全国妇联副主席、书记处第一书记黄晴宜,代表主办单位,向多年来对该项目给予支持和关注的社会各界爱心人士,表示诚挚感谢。

黄晴宜说:

党和政府历来高度重视饮水困难问题,胡锦涛同志曾专门作出批示:"无论有多大困难,都要想办法解决群众的饮水问题。"

温家宝同志强调:"我们的奋斗目标是,让人民群众喝上干净的水,呼吸清新的空气,有更好的工作和生活环境。"

黄晴宜指出：

　　面对西部群众的亲情呼唤，作为社会团体，全国妇联有责任、有义务，配合政府为群众的饮用水困难多做一些辅助性的工作。

　　在"母亲水窖"实施5周年之际，将继续与中央电视台联合主办续写行动，围绕主题开展系列活动，借助新闻媒体的宣传优势，扩大项目的社会影响；进一步动员热心公益事业的企事业单位、个人，为促进西部地区妇女的进步与发展，为建设一个充满生机与活力的美好西部家园作出更大的贡献，为全面实现小康社会的宏伟目标作出更大的贡献！

北京市副市长孙安民表示：

　　作为首都，作为经济发达的城市，面对西部兄弟姐妹的迫切需求，我们有责任，也有义务，为西部地区的群众尽绵薄之力，我们将一如既往地发挥北京在经济和技术方面的优势，继续对"大地之爱·母亲水窖"这一公益项目，给予大力支持。

在启动仪式现场，完美（中国）日用品有限公司向"母亲水窖"项目捐款700万元；中国海洋石油总公司向"母亲水窖"项目捐款100万元人民币；国家烟草专卖局向"母亲水窖"项目捐款100万元人民币。

全国人大常委会副委员长、全国妇联主席顾秀莲，现场接受了爱心企业的捐赠，并为企业颁发了捐赠证书。

在此次启动仪式上，蒋雯丽、顾长卫、陈凯歌、陈红、濮存昕、陶虹、斯琴高娃、葛优、徐静蕾、刘威、杨若兮、李诚儒、瞿颖、邬倩倩、彭丹、王同辉、刘红雨等演艺界明星，向"母亲水窖"积极踊跃捐款。

李诚儒、彭丹、陶虹等纷纷从外地赶回北京，参加捐款活动。

尽管邬倩倩的父亲在住院，但她还亲自到现场捐款。还有一些演艺界朋友，因不能到场参加而感到遗憾。

蒋雯丽、顾长卫、濮存昕、陶虹、徐峥等人觉得，"母亲水窖"等许多公益事业，都需要大家共同奉献爱心，修建"母亲水窖"，多一个人多一份力量。

斯琴高娃、濮存昕、陶虹、徐峥、徐静蕾、李诚儒、蒋雯丽、顾长卫等，毫不犹豫地捐赠了很多口"母亲水窖"。

葛优等演员认为，公益捐款不论多少，一定要落到实处，落实到等待捐赠的村村户户。

还有部分演艺界明星在现场发出倡议，呼吁大家共同伸出友爱之手，奉献爱心，用真情感动中国，用爱心解决贫困。

　　来自四川仪陇县的受益群众,来自宁夏盐池县、甘肃定西市缺水地区的代表,给大家讲述了西部贫困缺水的现状及"母亲水窖"给他们的生活、生产带来的巨大变化。

　　北大附小的学生,满含感情地诵读了同学们自己亲自创作的"大地之爱·母亲水窖"诗歌,表达他们对西部贫困缺水地区母亲和儿童的爱心。

　　捐赠企业代表及现场演艺明星、嘉宾,将富有爱心、传递内涵的爱心帖,贴上了"爱心榜",表达了对"大地之爱·母亲水窖"爱心工程的支持,将启动仪式推向了高潮。

演艺界开展爱心行动

2005年10月20日，著名影星古天乐来到中国妇女活动中心。

古天乐此行的目的，是向各家媒体介绍前一段时间他到兰州探访的体验和感受，并希望借此机会，唤起社会对缺水地区民众生活状况的更大关注。

古天乐表示：

除了看到缺水问题和"母亲水窖"的作用之外，人与人之间的支持，在困难中努力生活的精神，让我有很多感受。

对很多人来说的一点点，真的可以改变很多人的一生。其实这次探访的地方只是冰山一隅，还有更多的母亲面对更严重的缺水困境。

2005年12月30日，周笔畅表示：

我平时比较低调，不太会说话，但我希望能通过行动来表达我的一些想法。

为此，周笔畅远赴陕西省定边县，参与由全国妇联举办的"大地之爱·母亲水窖"大型公益活动。

在这次走访中,周笔畅共为当地村民筹集了数千元的物资与捐款。此前,周笔畅以个人名义认捐了10个水窖,共计6万多元。

2006年12月22日,齐秦在文化部东门院内文海园召开歌友会。齐秦拿出自己收藏的物品和当场书写的字画拍卖,为贫困山区"母亲水窖"工程奉献爱心。

齐秦将这次歌友会的主题定义为慈善拍卖活动。齐秦还在现场挥毫泼墨,写了"生命之源"4个大字,用于这次拍卖。

2007年4月5日,香港华光功德会的爱心大使钟镇涛及公益大使袁咏仪,来到了缺水的西宁山区,袁咏仪在目睹当地小朋友的贫穷生活后,禁不住流下了眼泪,并将自己的衣物送给他们。

钟镇涛的女儿,将自己带来的文具,全部分赠给当地的小朋友。

当袁咏仪谈到穷困儿童的状况时,她哽咽地说:"这4天很难忘,以前我都不会觉得水是这么珍贵的。"

2009年3月12日,刘佩琦以个人名义,通过中国妇女发展基金会,向西部缺水地区捐赠10万元修建"母亲水窖"。

北京举办明星慈善会演

2005年11月8日晚，在北京工人体育馆内，星光熠熠，梁朝伟和30多位演艺界女明星，集聚工人体育馆，为"母亲水窖"工程进行慈善大会演。

全国人大常委会副委员长、全国妇联主席顾秀莲，全国妇联副主席黄晴宜，中央外办主任刘华秋，全国妇联副主席莫文秀、赵少华，国家发展与改革委员会副主任杜鹰，新闻出版总署副署长柳斌杰，中共中央对外联络部原副部长、中国妇女发展基金会副会长宦国英，光大银行行长郭友，中央人民广播电台副台长赵慧，全国妇联书记处书记甄砚，以及续写行动的各个支持单位的代表，出席了这次活动。

此次慈善义演，旨在动员全社会力量，为解决西部缺水地区居民的生存和生活困境募集资金。

2005年，是母亲水窖项目实施5周年。为了进一步扩大活动影响力，吸引更多爱心人士的关注，全国妇联、中央人民广播电台开展了"大地之爱·母亲水窖"5周年续写行动。

作为5周年续写行动的重头戏，由全国妇联、中央人民广播电台主办，中国妇女发展基金会、香港喻丝圆娱乐集团和中国国际文化艺术公司具体承办了这次"母亲水窖"巨星慈善大会演,并请来演艺明星梁朝伟担任"母亲水窖"的爱心公益大使。

在出任爱心公益大使时,梁朝伟表示:

1000元在城市里可能只是人们的一件衣服、一顿饭、一个玩具,但在西部却能解决一个村子孩子的喝水问题。

参加这次义演,我觉得既高兴又沉重。高兴的是有机会为这些生活在西部的母亲和小朋友做点事,沉重的是,还有那么多母亲和儿童满怀期待的目光在等水、想水、梦水,更觉得自己应该尽自己的绵薄之力,为西部贫困地区的群众奉献自己的一份爱心。

除了参与这次慈善义演,梁朝伟还亲自前往西部缺水地区探访。当他目睹了严重缺水地区的百姓的实际缺水情况后,感到非常难过。

梁朝伟回想起过去曾为拍摄工作在贫瘠干旱的地方生活,哪怕是短短10多天,已经非常艰苦了,何况他们要在这里生活一辈子。

梁朝伟就此决定,单独包下一个村子所有水窖的建设费用。

作为"母亲水窖"的爱心公益大使,梁朝伟还向参加晚会的演艺界嘉宾发起倡议,号召大家行动起来,一人捐建一眼水窖，为西部贫困地区人民奉献一份真情。希望通过大家共同的努力，变荒芜为绿洲，改贫瘠为富饶，让母亲哺育的每一寸土地，都焕发出勃勃生机。

除了公益大使梁朝伟外，曾宝仪、钟丽缇、陈明、董洁、李心洁等多位明星，纷纷踏上西部缺水地区的探访之路，亲身体验甘肃、宁夏等地缺水地区的生活状况。

当明星们西部探访之旅的画面出现在当晚的大屏幕上时，在场所有的人更深刻感受到了在西部贫瘠的土地上，人民窘迫的生活现状。

为了突出此次活动的主题，为西部缺水地区募集资金，以帮助那里的妇女儿童，解决基本的生存用水问题，除了"母亲水窖"的爱心公益大使梁朝伟外，晚会全部起用了清一色的女明星担任表演嘉宾。

整场晚会，全部围绕"水"和"女性"展开，共分万物之源、水漾浓情、和谐包容、水的动力、实力的战者、水中骄阳等7个环节。

公益大使梁朝伟与宁静、陈明、李心洁、曾宝仪、钟丽缇、董洁出场演唱主题曲《大地之爱》，将全场晚会的气氛推向了高潮。

"母亲水窖"爱心公益活动的大力开展，唤起更多的人加入到了奉献爱心的行列之中。

儿童为"母亲水窖"捐款

2006年5月28日下午,晶晶教育机构庆"六一"我是光荣中国娃专场演出暨毕业典礼在深圳会堂举行。

一个个精彩的歌舞表演,博得了台下家长们阵阵热烈的掌声。

在演出开始前,两名晶晶教育机构的小朋友,代表晶晶幼儿园的5000名幼儿,将给"大地之爱·母亲水窖"的10万元捐款,郑重地交到了深圳市妇联有关代表的手中。

孩子们委托深圳市妇联将捐款转交给全国妇联,在西部缺水的地区修建百口水窖,建立晶晶爱心教育基地。

晶晶儿童艺术团成立于2002年,幼儿节目先后获"中国少儿歌舞大赛"一等奖、"广东省少儿花会"一等奖等奖项。

晶晶教育机构董事长马克荣,在致辞中表示:晶晶教育机构创办以来,组织了作品义卖、义演等多种爱心活动,为社会和个人献出爱心捐款30多万元。

2007年6月28日,内蒙古满洲里市幼儿园院内,一片热闹非凡的景象。一场为"母亲水窖"捐款的义卖活动,正在这里举行。

这是市幼儿园"从小学做人"系列活动之一,由蒙氏三班师生发起。蒙氏三班的小朋友在家长的支持下，将自己喜爱的玩具和食品捐献出来，支持义卖。

许多家长有感于孩子的爱心，纷纷捐出手中的零钱，此次活动共筹集资金 570 多元。

参与此活动的家委会成员，电台、报社记者等，共同见证了这次募捐活动。

发起这次活动的刘丽芬老师，随后通过网络，将捐款汇往北京市"母亲水窖"组委会。

2009 年的 3 月 3 日和 4 日，北京市八一中学在校学生会和高一（4）班团支部的倡导下，发起"母亲水窖"捐款活动，利用中午就餐时间，在该校食堂前展开。

其实，每一位同学都有一颗炽热的心去关怀他人，只是有时并没有很好的渠道去奉献他们的爱心。

基于此，为了让更多的同学了解这项活动，并让灾情严重的地区更多的人获得清澈的水源，该校高一（4）班团支部联合校学生会，在全校师生范围内，通过升旗演讲和与校园电视台利用班会时间播出纪录片的方式，让同学们了解我国缺水地区的基本情况，并开展"母亲水窖送水行动"捐赠活动。

在活动中，呼吁全校师生：

节约用水，并伸出您的双手，奉献爱心，让我们积极行动起来，倾力捐助。

● 社会行动

很多的同学和老师，在了解了严酷的事实后，都希望能够尽自己的一份力量，去更好地帮助那里的人们。

此外，还有一部分班级在班内进行了相关的班会，使各班同学更加详细地了解了情况，并在班级范围内进行了募捐。

有些师生在活动的第一天才知道此项活动的具体情况，于是在第二天，他们就特地到现场送来捐助款。

有一位初一的同学，一次就捐助了 1000 元善款，这份心意很是令人感动。这次募捐活动，八一中学全校师生共捐款近 2 万元。

让爱在少年儿童的心灵扎下根，我们的祖国将会变得更加美好，更加繁荣昌盛。

甘肃组织捐助代表回访活动

2006年11月中旬,"大地之爱·母亲水窖"工程实施6周年回访活动,在甘肃启动。

全国妇联副主席莫文秀,高度评价这一项目的实施。项目的实施,不仅解决了贫困地区群众的饮水困难,而且从根本上改善了群众的生活环境,促进了生活方式的转变。

甘肃榆中县金崖镇瓦子岘村的男人们,不甘忍受缺水的痛苦,大多出外打工去了。留在当地农村的人口中,70%是妇女,她们生活得非常困难。

在6年前的2000年,一项凝聚各方面爱心的"大地之爱·母亲水窖"工程,给妇女们的生活带来了巨大转机。

在6年后,当回访团的成员来到他们曾帮助过的农户家时,乡亲们端出清亮甘甜的水,捧出热气腾腾的洋芋,献上亲手刺绣的美丽鞋垫,表达对"恩人"的诚挚谢意!

在瓦子岘村,清华大学总裁班第三十一期的学员们惊喜地看到:他们的名字,分别被刻写在各家各户修好的水窖台面上。

当学员们得知自己捐建的水窖,解决了全村人畜饮水问题，村民通过舍饲养羊，走上了致富之路，孩子们都有钱上学了时，许多人都激动得流下了快乐的热泪。

同是清华总裁班三十一期学员的完美（中国）日用品有限公司总裁胡瑞连，看到"母亲水窖"项目落实得如此规范、有实效，开心地向身边的朋友介绍这6年来，完美公司积极支持"母亲水窖"工程的心路历程。

此次回访活动，又筹得100万元善款，用于贫困干旱地区"母亲水窖"的修建。

回访团的成员们纷纷表示，不仅要自己行动，还要发动亲友们加入捐建"母亲水窖"的慈善行列。

在2002年的秋收季节，甘肃省庆阳市镇原县唐源村，当地村民白天忙秋收，晚上挑灯夜战修水窖。

村民毛玉莲家在深山，与外界相通的只有一条尺余宽的羊肠小道。

修窖的材料要运回去，只能靠畜驮、人背，3吨多重的钢筋、水泥、砂石，毛玉莲硬是发动全家老小，往返10多次。那种急切、那种热情、那种精神，让人无不为之动容。

水窖最终修起来了，当地人民的生活也渐渐地好了起来。

大学生心系"母亲水窖"

作为当代的大学生,他们身在校园,却心系国家的发展。

2007年8月,南昌大学中国万里行——为"母亲水窖"呐喊暑期社会实践团队到达北京后,在中国妇女发展基金会和北京一○一中学的支持下,活动呈现出新的景象,团队成员们都热情地投入到工作中。

8月7日,"呐喊者"团队与北京一○一中学进一步取得联系后,最终决定在该学校举办宣讲展示活动,主题为"说水的故事,听水的声音"。

为增加活动的趣味性、吸引性,团队买了30个奥运福娃的挂饰作为纪念品,同时寓意"为'母亲水窖'呐喊"的暑期社会实践与奥运的联系。

水是生命之源,在2008年即将举办的2008年奥运会也特别关注"水"的问题。

当日下午,"呐喊者"团队拜访了中国妇女发展基金会副秘书长秦国英,团队负责人龙尧向秦国英汇报了在甘肃兰州走访农村的情况,涉及当地"母亲水窖"的建设的覆盖面,交通的闭塞等。

龙尧还表达了自己回学校成立社团,把这次活动长期地开展下去的愿望,倡导大家共同关注水,关注妇女。

在团队离开基金会之前,秦国英代表中国妇女发展基金会,给团队发放了一些"大地之爱·母亲水窖"的资料,包括宣传册和光碟。

在资料上,那干裂的土地,门前孩子渴望的眼神,都深深地打动着在场的每一个人。

最后,团队邀请中国妇女发展基金会副秘书长秦国英,在"南昌大学中国万里行——为'母亲水窖'呐喊爱心纪念册"上题字签名,内容为"与我们同行,共建'大地之爱·母亲水窖'"。

8月8日,南昌大学为"母亲水窖"呐喊暑期社会实践团队,又来到一〇一中学举行宣讲活动。

团队负责人龙尧说:"选择8月8日这一天,也是有我们的意义的。因为它刚好是奥运倒计一周年的时间,而奥运是关注水的,我们一直认为我们的活动也要相应地把奥运联系起来。"

宣讲活动分四部分进行,首先由团队负责人龙尧介绍活动本身,以及观看团队在甘肃实地考察的照片和视频资料。随后,团队成员发表体会演讲,与孩子们进行互动交流。

团队成员进行热情的讲解,和孩子们一起体会着旅途的奔波和当地干旱缺水带来的贫困。

孩子们还认真地观看中国妇女发展基金会给团队发放的"大地之爱·母亲水窖"的资料,包括宣传册和光碟。

他们被《涛涛的梦想》《希望的黄土地》等视频深深地打动了。有的小朋友还积极地要在爱心纪念册上留言，倡导大家节约用水。

白正旭小朋友是这样写的：

保护水资源，从每一个人做起。

在交流阶段，团队成员和孩子们打成一片，回答他们提出的问题，讲述缺水地区人们的生活。孩子们听得很认真。

这次活动的开展，起到了倡导珍惜水资源，开阔中学生视野，丰富他们知识体系的作用。

南昌大学中国万里行——为"母亲水窖"呐喊暑期社会实践活动，取得了良好的社会效果。

西南财经大学金融学院青年志愿者队，利用课余时间，先后开展了"西部计划——母亲水窖·阳光行动"、"大地之爱·母亲水窖"饮用水义卖等一系列以"大地之爱·母亲水窖"为主题的公益爱心募捐活动，共筹集到善款 2000 元人民币，全部捐赠给了中国妇女发展基金会。

2009 年 3 月 23 日，中国妇女发展基金会"大地之爱·母亲水窖"项目办公室的工作人员前往北京四中，参加了由北京四中初二（6）班同学组织的一场"母亲水窖"主题班会。

在这次班会上,"母亲水窖"项目办公室的工作人员向老师和同学们介绍了我国西部干旱缺水家庭的生活状况,并介绍了"母亲水窖"项目以及实施情况。

生动真实的视频图文资料,深深触动了在场老师和同学们的心。

大家踊跃捐款,把自己平时积攒下来的零用钱、压岁钱,投入到爱心捐款箱中,并把他们对干旱缺水家庭的美好祝愿记录下来,希望大家的爱心,能给西部的朋友们送去一份温暖和希望。

广州搭建关爱西部平台

2007年9月16日下午,"大爱无疆·珠江儿女续写'母亲水窖'"大型公益活动启动仪式,在广州珠岛宾馆举行。

完美公司总裁胡瑞连,代表公司参加了这次活动,并向"大地之爱·母亲水窖"工程再次捐赠人民币120万元。至此,完美公司已累计向"母亲水窖"捐款逾1300万元。

此次活动由中国妇女发展基金会、广东电视台和广东人民广播电台共同主办,广东省委副书记刘玉浦、全国妇联副主席莫文秀、甘肃省人大常委会副主任李膺、广东省政协副主席罗富和、广东电视台台长张惠建、广东人民广播电台台长白玲等,参加了启动仪式。

完美公司作为第一家支持该项目的企业,一直以来对西部"母亲水窖"工程给予了巨大的关注和支持,极大地带动了社会各界对西部缺水问题的广泛关注。

作为第一个向"母亲水窖"工程捐款的企业家,胡瑞连在现场接受主持人采访时,动情地表示:

> 完美公司其实不是"母亲水窖"工程的最大捐赠者,捐赠"母亲水窖"也并不是想让那

里的人们记住完美。而是希望社会上有更多的人关注这项事业，帮助那里的人们解决缺水问题，生活得好一些。

甘肃省人大常委会副主任李膺说，"母亲水窖"活动中，甘肃省是受益最大的省份，全省已新建2.6万个水窖。但因自然条件太差，甘肃仍然有92万人缺水，20万群众需要远距离取水。

来自甘肃缺水地区的高华子母女，也来到了现场。妈妈高华子说，每天她要走两个小时的路程，才能在山沟中挑两桶水回家。女儿则每天上学的时候，带上两个塑料瓶，在回家的路上装满水，带回家喝。

高华子的女儿说："山沟里的水很浑浊，还夹杂着一些杂草、泥尘。"

她们喝的水很苦，因为缺水，她们经常都洗不了澡。这次来到广州后，高华子还激动得落下了眼泪。

高华子说，看到广州市民这么热情地想要帮助她们，她相信以后村里的人不用再为水而发愁了。

活动主办方在现场还精心准备了"母亲水窖"水幕模型。胡瑞连和其他爱心人士，以及缺水地区母亲代表，一起按动启动按钮，搭建起珠江儿女与西部缺水地区之间的爱心平台。

"百事母亲水窖村"落成

2007年10月21日，百事基金会"母亲水窖村"，在甘肃省白银市靖远县靖安乡五星村正式落成。

此时，一向偏僻安静的小山村，响起了"噼噼啪啪"的鞭炮声。村民们像过年一样聚集在村口，迎接来自全国各地的百事公司员工代表团一行。

淳朴天真的孩子们献上了象征着感谢与祝福的绣花香包，村里的"母亲们"没有更多的言语，略有"高原红"的脸上流露着真诚的微笑，一声声地说着："欢迎啊……"

百事广州浓缩液厂运营部的员工向勇，禁不住激动地说："此次参加捐赠，使我又一次深刻体验到了一个公益项目的重大意义。

"我来的时候，公司同事托我带了好多的东西给这些缺水地区的孩子们，也有很多同事已经开始自发捐建新的水窖了。"

当百事（中国）投资有限公司董事长时大鲲先生，将来自百事基金会、百事公司、百事中国公司员工共同捐赠的50万元支票，递交到中国妇女发展基金会副秘书长秦国英手中的时候，百事公司在6年间持续不断地支持"母亲水窖"项目的总额已达1550万元。

除了共建水窖 1500 多口，百事公司还培训农村妇女万余人，以进一步维护当地的水窖工程。

百事公司还投入了大量专家力量，将百事公司在"水"领域中的专业知识与技能带入这个项目。

同时，与妇基会合作，积极推进"一加五"工程，即"一口水窖"加"一个太阳灶"、"一个沼气池"、"一口牲畜"、"一亩经济林"和"一个美化的庭院"。

为了表彰百事公司多年来的善举，中国妇女发展基金会在捐资仪式上，还特别授予百事公司"爱心企业奖"称号。

百事基金会"母亲水窖村"，选址在甘肃省白银市靖远县靖安乡五星村，因为它是全县最为偏僻边远的贫困乡的贫困村。

境内沟壑纵横，交通很是不便。由于干旱少雨，可利用水源和地下水奇缺，长期以来，农业生产和人畜饮水一直依赖天然降雨，人为的解决办法只有打窖集水，以解决人畜饮水问题。

村民们拉水必须去几公里以外的兴电工程沿渠取水，可就算是这样，每年也只有三四次供水的机会。

五星村村民代表张芙蓉小朋友介绍说：

> 我的家乡流传着这么一句话，一年只刮一场风，从春刮到冬。
>
> 为喝上一口水，我们吃了不少苦头，我们

经常走过几道弯几道梁,才能从一年只放几次水的沟渠里,挑到浑浊的灌溉水。

能喝上干净卫生的水,一直是我们家乡父老的最大心愿。

靖安乡乡长吴军芳说,五星村建设采用的是结构稳定、施工简单、使用寿命长的球形之窖,水窖容量30立方米。

每眼水窖配套建设沉淀池一座、集流场一处。修建一口水窖,一年蓄积的雨水就能保证一个家庭一年的人畜饮水。

自然降水等被引入水窖中,经过一段时间的沉淀,水窖上层的水就较为纯净了,再撒入百事提供的清洁消毒药剂,当地居民打回家中烧开就可饮用了。

水窖的建立,不仅仅解决了当地居民的饮水问题,将他们从繁重的取水劳动中解放出来,而且还使当地整体生活条件提高了。

水窖村刚刚建好,百事访问团的员工们就自发地要为村里的母亲们挑桶水,体验一下母亲的艰辛。

克莱尔、邰祥梅和秦国英,以及员工向勇和记者朋友,都积极地挑起了扁担。

从未挑过水的克莱尔,坚定地挑着两桶水,艰难地送到院子的水缸里。

随后,克莱尔激动地说:"这种体验真好。让我们感受了母亲们艰难的生存状态和挑水的不容易。试想，如果我们每天、每月、每年都从几公里以外的地方挑水回来，那会是何等艰辛。"

来自百事公司香港办事处的员工邝珮雯、王爱兰，特别为水窖村的孩子们买了书本、文具，并精心地包了小礼物，还把礼物亲手送到孩子们的手中。

看到孩子们兴高采烈地接过礼物，邝珮雯、王爱兰激动地说："我真正体验到了这次访问是多么有意义。我只是觉得自己做得还不够，我一定会再回来……

"孩子们需要的不只是这些物质的东西，我觉得他们需要爱、需要社会的关心，更需要鼓励。我们要做得更多，去改变他们的人生与命运！"

在五星村访问时，一位70多岁的老母亲站在新水窖前，久久不愿离去。只见老人的腿有些颤颤巍巍，于是便忙让她坐到水窖边歇歇。但是老人家却坚决不肯，她连连摆手，说道："不行，不行，不能坐，这里面可是水！是我们的饭碗！可不能坐。"

是的，水对于这个地方的每一个人来说，都是无比珍贵的。老母亲不肯坐水窖，正是对水资源的无比尊敬和对送水恩人们的感谢。

三、崭新生活

● 张仙芬说:"'母亲水窖'工程,就是党和政府、各级妇联组织实践'三个代表'重要思想的具体体现。我必须保证工程进度,管好工程资金,保障工程质量。"

● 坝子村的群众说:"水是我们的命根子,'母亲水窖'牌不仅立在村头,也永远立在我们大家的心中,让我们世世代代吃水不忘挖井人,幸福不忘共产党。"

● 秦国英说:"你们县妇联一定要申报好该项目,这是全国妇联紧密配合党中央西部大开发战略的实施……"

"母亲水窖"成为幸福之泉

永登县通远乡新站村,是甘肃远近闻名的贫困干旱村。全村 250 户居民,世世代代仅靠一眼老土井来维系生产和生活。

由于大多男青年外出务工,排着长队去井里挑水成了村里的妇女每天最重要的生活内容。

有朝一日能喝上一口清凉的窖水,是村里的乡亲多年来的梦想。

自从"母亲水窖"落户以后,这个梦想成为现实。永登县妇联干部刘世香兴奋地说:

> 现在,家家户户都修了"母亲水窖",村民们不但解决了困扰他们几辈子的吃水问题,还用多余的集留雨水,发展起庭院经济和农业灌溉。

村里的盲女康登花,自小失明,她看不见"母亲水窖"的模样,但从乡亲们的一声声欢笑中,她感受到了"母亲水窖"给生活带来的巨大变化。

在自家的水窖上,康登花摸索着刻下了这样一句发自肺腑的话:

装着的是母亲的乳汁，打出来的是一个边远山庄未来的梦，青山永在，绿水长流。

马泉山的故事，在甘肃境内广为流传。位于漳县南占湾村的马泉山，由于严重干旱，用水极不方便。

山里土生土长的姑娘一到出嫁的年龄，都纷纷到山外寻找夫婿，山外的姑娘连路过马泉山，都要绕道而行。

此时，仅仅31户人家的马泉山，就有10多个大龄男青年还打着光棍。

然而，马泉山的村民们做梦也没想到，随着以"大地之爱·母亲水窖"为龙头的综合扶贫工程的整体推进，如今的马泉山已是旧貌换新颜。

有了水，草绿花红、麦穗饱满，村里还修了公路，通了电；有了水，村里的单身汉们也终于等来了山里山外姑娘们的青睐。

李春芬是陕西米脂县印斗镇的一名普通农妇。两年前，她家附近的3个村子，共2000多名村民，就指望着一口井维持生计。

每天凌晨三四时，李春芬就要到好几公里以外的地方去挑水，只能种一些糜子之类的耐旱作物糊口。

几年前，李春芬年仅10岁的儿子，在驮水途中不幸落入山崖身亡。

自从2002年初，李春芬所在的沙坪村引入了"母亲水窖"项目之后，她的生活随即发生了翻天覆地的变化。

李春芬说："一拧水龙头，甘甜的窖水就流进了锅里。有了水，咱不仅能像城里人一样每天洗个热水澡，还养了500多只鸡，种起大棚蔬菜。家里有了收入，生活舒适多了。"

重庆是我国西部大开发战略的重镇，也是举国闻名的山城。群山连绵起伏不平，地势落差大，水资源的供给不便，也成为重庆人长久以来的一块心病。

自从"母亲水窖"工程在8县14个乡镇实施以来，在不到两年的时间里，重庆共修建高标供水工程34处，山区群众缺水或饮用水不洁净的问题，在很大程度上得到了缓解。

一些因饮用水受污染而导致的多发性疾病，特别是妇科病也得到了有效的抑制。

山城里的姐妹，交口称赞"母亲水窖"是"爱心窖""幸福泉"。

"母亲水窖"滋润土族之乡

2001年9月初,在中国妇女发展基金会、青海省妇联的关爱和支持下,盛载着全国妇女满腔爱心的1250眼"大地之爱·母亲水窖"工程项目,在互助土族自治县实施。

当这一喜讯传来,人们个个兴高采烈。人们还了解到,这项工程不只是筑水窖,而且还将投资购置水泵、水管、电线,要将水一直引到每家每户的锅灶前。

工程建成后,人们再也不用耗费大量的人力、时间去挑水了。这可是前所未有的"爱心"工程。

早在2000年12月,得知由全国妇联、北京市政府、中央电视台联合开展的"情系西部,共享母爱"活动后,互助土族自治县县委、县政府、县妇联,积极向全县女职工发出倡议,募集资金捐献爱心,共筹到善款6600多元,汇往中国妇基会。

当听到全国妇联将一亿多元爱心汇聚的资金,投放西部以解决干旱山区严重缺水问题时,妇联的同志们以一种高度的事业心、责任感和女性特有的韧劲,从乡村到省城奔走呼号,争取项目,落实资金,硬是将1250眼"大地之爱·母亲水窖"工程项目,争取到了土族之乡。

当来自安徽省合肥市妇女联合会、中国证监会的爱心捐款100万元源源不断地汇到土族之乡时，互助县在地方财政极其困难的情况下，配套资金125万元，支持此项工程。

与此同时，当地政府还组织有关单位和人员，实地考察，科学论证，最终确定将"母亲水窖"项目分配到地处干旱山区的双树、西山、蔡家堡、东山4个乡9个村的1250户贫困户中实施。

在项目实施过程中，世代务农、老实淳朴的农民群众表现出了一种前所未有的热情。

这些已习惯了"把水当做油，天天为水愁"的庄稼人，仿佛"听到了水在响，看到了水在流"。

在整个项目的组织实施过程中，互助县始终坚持"因地制宜、合理布局、科学规划"和"相对集中、分村实施、整体推进"、"专项资金和政府配套资金相结合，谁建谁受益"、"把实事办好，把好事办实"的原则，确保了工程质量和效益的发挥，自始至终做到高标准、严要求，把党和人民的关爱落到了实处。

该项目的实施，也得到了全国妇联、妇基会领导的热情关注。

2002年11月6日，一个寒冷的冬日，中国妇女发展基金会副会长莫文秀，亲赴互助县，检查调研"大地之爱·母亲水窖"工程项目的实施情况，并对互助县"母亲水窖"的实施工作给予了高度评价和殷切的希望。

一笔笔捐款，一批批配套物资，汇就了一眼眼盛载爱心的"母亲水窖",干枯的土族山乡复苏了,干涸的心田滋润了。

现在,互助县4个乡的1250户受益群众,终于喝上了甘甜的"母亲"水。

一部分勤劳的土族人,已开始利用"母亲水窖"发展庭院经济、发展特色养殖业,加快了脱贫致富奔小康的步伐。

2005年,恰逢"母亲水窖"实施5周年之际,县妇联的同志走访了受益群众。

在互助县最干旱的山区蔡家堡乡东家沟村,人们可以看到已建起的塑料大棚里,蔬菜绿油油的,一派生机盎然的景象。

原村支部书记东国义说:

> 喝上甜水,吃上鲜菜,祖祖辈辈多少年的梦想,今天实现了。
>
> 我们干旱山区的庄稼人,实在感谢党和政府的恩情啊!

在蔡家堡乡东家沟村一座崭新的塑料大棚前,来访者见到了正从"母亲水窖"中给菜苗泵水的东国海、韩桂花夫妇。

只见韩桂花小心地用水管给菜苗浇水。山还是那座山,梁还是那座梁,地也还是那片地,但现在却是久旱逢甘露。

这股清澈的流水,像溢满爱心的甘露,滋润着这对年轻夫妇干涸的心田。

韩桂花说:

> 当初嫁到这儿,有点后悔,生活用水缺,也不干净,得了妇女病,想着离开,却又舍不得这里的人。
>
> 现在好了,妇联帮助我们把窖修到了家里,只要天上下雨,房面上,院子里,场面上,所有的水都流到窖里。用水泵一泵,清水就到锅台上了。不光解决了吃的、用的水,雨水丰盛的话,还可以用窖里的水养羊、种菜,增加收入。

"母亲水窖"是一项生命工程、利民工程,也是一项希望工程,她像慈爱的母亲一样,给远在西北边陲的土乡妇女儿童,送来了盼望已久的甘露。

西山乡王家庄村全体妇女,在写给安徽省合肥市妇联的一封信中这样说道:

> 感谢你们的热情帮助和大力支持,你们的爱心和奉献给我们西部的发展带来了希望和勃勃生机。

一笔笔捐款，一宗宗配套物资，一眼眼"母亲水窖"，解决了我们村906人和牲畜的饮用水问题，帮助改善了我们妇女因严重缺水而造成的生存危机，我们决不辜负你们的希望，建设美好的家园。

　　回首山乡那彩虹升起的地方，一株株山杏的粉色花儿已经竞相绽放。
　　而山里的人们，就像这向阳的花儿，在"母亲水窖"的滋润和哺育下，日子过得格外舒心和快乐。

"母亲水窖"造福重庆母亲

2001年9月6日,全国妇联、中国妇女发展基金会"大地之爱·母亲水窖"工程实施项目竣工验收仪式,在重庆市武隆县巷口镇方坪村举行。

重庆市武隆县、开县作为全国第一批试点县,已建成集中供水工程15个,将人工抽取的洁净用水直接输送到农户家中,为5个乡镇的2986名农民群众解除了缺水之苦。

重庆争取到的第二批项目拨款300万元即将到位,拟在永川等区、市、县建集中供水工程。

在戴居平生活的小山村,即重庆市万州区响水镇保合村,每年至少有五六个月绝水。

当地特有的红沙石谷子地,就算遇上难得的雨季,也存不住一点水。

男人们种地、外出打工,每天走上三四公里背水的活,自然落在了女人们的肩上。

戴居平天生残疾,腿跛,行路比较难。她一跛一跛地爬过几个山坡,花上半天时间背回来的一桶水,常常洒得只剩下半桶。

由全国妇联、中国妇女发展基金会发起的"大地之爱·母亲水窖"工程,正在帮助这样缺水的西部母亲们,改变业已延续了几辈人的命运。

一跛一跛背了10多年水的戴居平，在用上自来水之后，养上了蚕，还喂了4头猪。

2002年，这些副业为戴居平带来了四五千元收入。戴居平算了一本账：如今，加上丈夫外出打工赚的钱，全家一年收入超过1万了。

戴居平感慨地说道：

> 过去，我们连喝上一口清水都不敢奢望，没想到我现在一年能挣上万元。

重庆市开县左元村的村民们，祖祖辈辈都过着"天干吃泪水，下雨吃浑水"的缺水生活。

七社的妇女丁安菊，痛苦地回忆起她22岁生下一男孩后第三天，就到两公里外的地方去挑水。

过度的劳累，使得丁安菊患上了严重的妇科病，孩子后来也夭折了。

过门几年的农家媳妇、十三社的刘天琼，还是出嫁那年洗过一个澡。

刘天琼说："几年来哪怕天再热，我也只能将毛巾浸湿以后擦擦身子。每年看妇科病的钱，就要几百元。"

2001年，"母亲水窖"工程选取了左元村作为帮扶点。从远处引来河水，在村里建起了一个具备过滤池、沉淀池、清水池等的小型自来水厂，把清澈的水送入了每家每户。

刘天琼说：

> 自从有了自来水，我每天坚持洗一次澡。半年来，病只发了一次，花了7块多钱药费就治好了。

送水到家到户的"母亲水窖"工程，不仅解放了母亲们，也让缺水的全体村民们受了益。

万州区响水镇保合村的老翁易忠平，多年来既要照顾多病的老伴，还要翻山越岭去背水。

"母亲水窖"工程在村里实施后，自家门口就有了自来水。

易忠平老人看着水龙头里哗哗流淌出的清水，禁不住老泪纵横地说：

> 我没有儿子，女儿又远嫁他乡，"母亲水窖"帮我解决了最大的难题，就像是我的半个儿子。

同样受益于"母亲水窖"工程的重庆荣昌县昌元镇螺罐村，种、养、加工业和第三产业，得到了前所未有的发展。

村民杨国民大力发展养殖业，养起了30头羊。邓国先栽培多种秧苗，增收 5000 元。付登琼卖凉皮、面食，月收入近千元。

村民致富了，不少人家中先后购买了洗衣机、热水器、电饭煲、VCD 等现代家用电器。当地人纷纷传颂"母亲水窖"就是幸福之泉。

重庆市妇联主席杨恩芳说：

> 重庆市"母亲水窖"受益地区，已经发展起种植基地5500亩，养殖基地20个，改造公路13.3公里，引进加工型企业7家，发展农家乐20余户，经济效益十分显著。

保合村女支书张仙芬，为了村里的"水窖工程"，4个月没回家好好吃过一餐饭，土地和孩子全都甩给了丈夫，她天天蹲在工地上搞监督。

张仙芬说：

> "母亲水窖"工程，就是党和政府、各级妇联组织实践"三个代表"重要思想的具体体现。我必须保证工程进度，管好工程资金，保障工程质量。

当自来水入家到户了，张仙芬却累得病倒了。

朴实的村民们只要见到外面来考察的人，就拉住对方不停地说:"张支书她真是好人呀!"

妇联组织的真情和领导干部的心血,教育和感化了群众。开县梓潼乡金银村群众,5天内主动交清了历年所欠的各种款项。

金银村的群众说:

我们会好好利用这来之不易的水资源,以后加倍报答党和政府。

一位老人还说起了顺口溜:

上级领导最光荣,
大力支持金银村,
解决饮水是根本,
灌溉农田上千顷,
"母亲水窖"送真情,
造福子孙传万代。

傣族群众举行欢庆仪式

由全国妇联、中国妇女发展基金会发起的"大地之爱·母亲水窖"项目工程从 2001 年 6 月开始在云南实施。

云南省妇联、省水利厅和实施项目的各地、州、市、县，把实施"大地之爱·母亲水窖"项目工程作为促进妇女发展，实践"三个代表"的具体行动和为群众办实事的"民心工程"，抓紧、抓好、抓实，取得了明显成效。

省妇联把树立和落实科学发展观，增强服务大局、服务基层、服务妇女的能力，为妇女儿童多做实事、好事，作为工作目标要求，并贯穿于教育活动中。

省妇联机关各部室和直属单位，积极争取国际、国内项目资金数千万元开展妇女儿童工作，帮助贫困地区妇女建"母亲水窖""母亲沼气"，发展农业经济，增收致富。

"母亲水窖"的汩汩清泉，滋润了上万个家庭，为干渴的母亲和儿童，解决了长期以来困扰他们的远距离取水难的问题，深受当地群众的欢迎和好评。

水窖竣工后，在每一个水窖旁边，受益的人们都怀着感激之情，立下了一块"大地之爱·母亲水窖"的标志牌，给每个水窖都编了号，并刻印"大地之爱·母亲水窖"字样，还写上了捐款单位。

他们还在村口建起了"大地之爱·母亲水窖"水利扶贫项目村的牌子。

在文山县浑水塘村一位时年80多岁的老人高兴地说：

现在不用到很远的地方去拉水，水就在家门口，我可以多活几年了。

坝子村的群众说：

水是我们的命根子，"母亲水窖"牌不仅立在村头，也永远立在我们大家的心中，让我们世世代代吃水不忘挖井人，幸福不忘共产党。

瑞丽市姐勒乡姐东村公所大飞海村的傣族群众更是激动不已，他们对着清澈透亮的自来水，举行了隆重的赶摆欢庆仪式。

同时，还邀请了市政府、农场、分场的领导，工程安装人员，乡政府、村公所领导等参加庆典活动，隆重庆祝改水工程竣工。

"大地之爱·母亲水窖"项目工程受益的群众说：

饮水困难问题是长期困扰当地群众的一个难点问题，只有依托项目、群众积极投工投劳，才能彻底摆脱吃水难的问题。

今后我们一定要努力搞好生产，脱贫致富，建设好家园，报答各级政府和妇联对我们的关心。

水窖帮助妇女脱贫致富

柳晓云是甘肃省平凉市崆峒区白庙乡栾塬村人,其家乡是一个沟壑纵横的干旱村,十年九旱,全村人吃水很困难。

早些年,柳晓云的家乡没有水窖,人畜吃水以沟泉水为主。遇到天阴下雨,靠屋檐水生活。

到沟里挑一次水,来回要走3个多小时的羊肠小道,道路陡峭,一家的主要劳力每天要花大量的时间去取水,难以抽出时间外出务工。

尤其是在特别干旱的夏天,舀满一桶水要排一个上午的队。

由于缺水,农村妇女卫生条件很差,农民从来不洗澡,妇女也因此而摆脱不了妇科病的折磨。

柳晓云家全靠几亩地维生,一年的收入除了孩子的学费外,只能维持生活。

孩子也从小养成了提水的习惯,甚至大人把孩子提回水的多少,作为评价孩子的标尺。

在当地,人们不谈论孩子的学习,只是盼着孩子长大能挑水。村上的女孩也因为这里苦而不得不嫁到了外地。

为了让全家人喝上干净的水,柳晓云说自己从来没有睡过一个囫囵觉，在天蒙蒙亮的时候就去挑水。

柳晓云回忆说：

记得有一年冬天去挑水，眼看着就要到家时，一不小心，脚下一滑，水全倒了，一只水桶也掉下了山崖。

自己的衣服也湿了，并且结上了冰，气得我坐在地上大哭了一场。

哭够后，回家一赌气，我把自家煮饭的锅都砸烂了，甚至产生了离家出走的念头。最后，看着孩子太小，才没出门。

2000年，各级妇联大力宣传修水窖的事，柳晓云觉得这种好事离自己很遥远。

柳晓云从内心里像盼星星、盼月亮一样盼着，盼着自家能有一个水窖。有了水，她就可以穿干净的衣服，花园里就可以种上花，孩子也能每天洗一回脸。

2001年7月的一天，"母亲水窖"工程终于落户在了栾塬村。

在这一天，全村人像过节一样热闹，并且人们都往村干部家里跑，抢着要水窖。

村干部没办法分，只能抓纸条。抓到的，就像捧了个金碗回家；没抓到的，就像泄了气的皮球，耷拉着脑袋。

在修建的过程中，县妇联与乡政府签订了修建合同，乡里负责运水泥和沙子，乡村干部和水利技术人员深入农户作技术指导。

大家不分白天黑夜，村里男女老少齐上阵，用了不到一个月的时间，210 眼 30 立方米的水窖全部按标准修成。在那一夜，柳晓云高兴得一宿没合眼。

在修水窖的过程中，柳晓云不是先急着修自家的，而是带领社里的其他妇女到河沟去淘沙子。

男人们在家挖土坯子，妇女们挽着裤腿、光着脚、满头大汗地干，从不觉得苦和累。

妇女们花了半个月时间，才淘完村里人用的沙子，虽然是风餐露宿，但是心里却乐滋滋的。

村上其他人的水窖已经建成了，在柳晓云焦虑自家的水窖赶不上村上的进度时，村民们自愿结队，很快帮柳晓云家建成了水窖。

水窖建成后，恰好当天晚上下了一场大雨，第二天早上一看，水窖里存了不少水，柳晓云觉得简直像做梦一样。

随后，柳晓云在院中晒了两盆水，把家中的床单和被套，以及家人的衣服，彻底洗了一遍。

同时，她还把家里的房子打扫得亮堂堂的。晚上烧了一锅开水，给两个孩子洗了个澡。

柳晓云坦率地说："说实话，这是我第一次给她们两个洗澡，不是我们农村人不讲卫生，我们实在是没水啊！"

有了水窖，柳晓云的丈夫就能抽出身外出打工挣钱，供两个孩子上学。

村里的人开始修新房子了。以前没水窖，人们都住着破土房，遇到下雨天，屋外屋内都会下雨，而要修新房很困难，要用大汽油桶去沟里拉水，盖一座新房要动用全社的劳力。

有了水窖后，乡亲们每天吃得香，睡得稳，亲戚朋友也欢欢喜喜地前来，还称村中窖里的水比城里的矿泉水都好喝。

有了水，产业结构调整也有了良好的发展。在"母亲水窖"项目实施前，村民们过着靠天吃饭的日子，生产发展落后，收入少。

有了水窖，柳晓云在家养猪，每年收入两万多元，生活条件好了。

后来，柳晓云办起了养猪场，年纯收入近50万，成了村里有名的富裕户。而且，柳晓云还带动全村妇女养猪。

柳晓云对孩子的学习也开始重视了。孩子们以前帮家里挑水，经常迟到，学习时间得不到保证。现在她们把全部的精力都扑在学习上，成绩很快进入全班前10名。

自从有了水窖，柳晓云再也没借过别人一分钱，而且家里还有余钱，家中的破草房也变成了宽敞明亮的砖瓦房，家里也安装上了电话，一家人生活得十分幸福。

"母亲水窖"的建成，使柳晓云走上了脱贫致富之路。

柳晓云发自肺腑地说：

> 我感谢全国妇联、中国妇女发展基金会、我们省的各级妇联，是你们给了我救命水，我才有今天。

柳晓云所在的村，生产也大大地发展了，全村的面貌也得到了改变。家家修了砖瓦房，成了水泥院，一些家庭有了电话和彩电。以前的羊肠小道也修成了汽车能跑的大路。村上每年过节时，还组织各种文化活动，人人相处和谐。

"大地之爱·母亲水窖"已成为西部人民建设家园、美化家园的巨大动力和源泉。

水窖激发村民对美的追求

2002年初,榆中县妇联的同志翻过山沟,奔赴榆中县定远乡董家湾村。

车还未进村里,便听见欢迎妇联同志的高音喇叭在山沟里回荡。大家刚一下车,噼里啪啦的鞭炮声便响了起来。

小朋友们挥舞着花朵,热情地喊着:"欢迎,欢迎……"全村人集聚在村里最大的一口"母亲水窖"旁,将客人们紧紧地围住。

"我们感谢妇联,感谢共产党,感谢帮助我们的好心人……"乡亲们眼里含着泪水,脸上却挂着开心的笑容。

"水害苦了我们……"话未说完,40多岁的张玉华眼泪便流了下来。

"现在有水窖了,我要好好地活着,将来有机会要报答你们。"张玉华感激地说。

张玉华曾因缺水患妇科病6年,结婚20多年未洗过一次澡。

"'母亲水窖'好啊,我心里高兴啊!"80岁的冯强玉老人不善言辞,一口一声"好啊,我心里高兴"。

"母亲水窖"结束了董家湾村民到几公里外拉水吃的历史。解决了人畜用水问题的村民开始退耕还林、还草,发展畜牧业。

村民们建起了蔬菜大棚。电通了，电视能看了，许多光棍汉娶上媳妇了。

乡亲们说："这简直就是新旧社会两重天，我们一定会过上好日子。"一家家看去，只见每家每户的院子里都种着鲜花和蔬菜。

妇联的同志说，"母亲水窖"建成前，老百姓家里脏得没法想象。一旦缺水的问题得到了缓解，他们被压抑了几十年的爱美的天性，便再也按捺不住地释放了出来。

这种对美的追求，是一种对生活充满信心的表现。一个追求美的民族，是一个大有希望的民族。

定西人民过上环保生活

龟裂的土地和嘴唇，干涸的河道和眼窝，脏得发黑的衣服和脸庞……水，在干旱的定西，曾经是比金子还贵重的东西。

在这块土地上，连天上的鸟儿和地上的牲口都识得送水车。

每当送水车的影子出现在村口，瘦骨嶙峋的牛和羊比人跑得还快，饥渴的鸟儿飞到车上，忙不迭地啄水喝……

而现在，定西人再也不为喝水发愁了。水窖，解决了全市近 300 万人的喝水问题，自家水窖集留的雨水，足够一个四口之家吃用一年。

在定西市安定区青岚山乡大坪村的农民家中，每家都有这种立下功劳的水窖。

只见在干净的农家小院中，寂静无人。主人马志超一家，都上田里挖马铃薯去了。

院子当中的小花园里，种着一棵棵向日葵，叶绿花黄，给小院增添了无限的情趣。

但见朝向房门的向日葵丛中，伸出一条一米长的小径，在花园中央安装着一眼压水"井"。

一个小井台，一只普通的手动水泵，轻轻压下手柄，一股清洌的水便"哗哗"地涌出来。

这股水就来自院落地下的水窖,定西每户人家少的有两三个水窖,多的有七八个。有些在院子里,有些在田间地头上。在干旱的年份,田间的水窖还承担起灌溉的作用。

青岚山乡党委书记张茂堂介绍说:

水窖是个圆柱体,直径3米,深6米,储水量近50立方米,内壁和底部涂满水泥混凝土,防止渗漏。

净化雨水有两个办法,一是靠自然沉淀,另一种是投放消毒剂。

通常两三年清洗一次,只要花200元买个潜水泵,就可以自行抽掉窖底的淤泥,然后下到窖底清洗。

除了冬天太冷以外,其他季节都可以清洗。

水窖并不是新的发明创造,而是定西人的祖先千百年来一直使用的储水办法。

但是,从前的水窖采用人工挖掘,要挖到10多米深,在挖好的窖壁上凿眼,每隔0.25米左右就要挖一个直径0.1米的深眼,将拌好的红色黏土填进去,再像钉钉子一样一点点夯实。

然而,即使是密布黏土的窖壁,也难以避免渗漏现象的发生，储存的水没多久就漏光了，农民们还是没水吃。

而且，这样一个漏水严重的土质水窖，要10多个人连着干3个月才能造好，付出大而收益小，人们往往不愿去费时费力。

张茂堂说："现在的水窖不仅储水功能好，还简单易造，三五个人花两三天工夫就能造一个。"

自1995年以来，水泥水窖走进定西的农村派上用场的那一天起，缺水的农民们终于饱饱地喝了一次水。

喝水问题解决了，人们还不满足，下决心要改造自然环境。退耕还林，圈养牛羊，使用沼气和太阳能作为能源。

现在的定西农民过上了"环保生活"，地区小环境也在不断发生着改变。

受益农民刻碑表恩谢

院里的"母亲水窖"已经建好一年了，甘肃省天水市甘谷县白家窑村时年76岁的农民郭满盈，还依然不敢相信能在自家院里打水的幸福生活。

这位祖祖辈辈生活在甘肃干旱山区的老人，自懂事起，就学会去沟底排队挑水。这样的日子，一过就是70年。郭满盈由年少走向衰老，山沟里的苦泉眼也日渐枯竭。

"水甜着呢！"郭满盈揭开水窖的盖子让来访者看，高兴地说，"想咋用就咋用，心里从没这么畅快过。"

"大地之爱·母亲水窖"项目，在甘肃、宁夏、陕西等省区实施，郭满盈老人就是"母亲水窖"受益人中的一个。

甘肃天水甘谷县白家窑村妇女郭秀琴说：

"母亲水窖"是妇联和全国人民为我们修建的，"母亲水窖"像妈妈的乳汁，哺育着我们。

时年30岁的郭秀琴，双手皲裂，满脸皱纹。缺水，让郭秀琴过早地失去了女人应有的水润和光泽。

郭秀琴说，在没水的年月，家里最脏的是女人。郭秀琴说："有点水要用来做饭，给老人熬罐罐茶，男人外出要穿干净衣服，孩子上学要擦脸，干什么都要量着指头用水，量着量着就省下了自己的一份。

"头发生了虱子、衣服再脏也不敢洗，得了妇科病下不了炕也要挺着。"

能和电视中的女人一样干净，是郭秀琴最大的心愿。

2001年11月，"母亲水窖"竣工，此后郭秀琴做饭、煮茶、洗衣、洗头发、洗澡……随心所欲。

郭秀琴说，村里有的女人第一次用满满一洗衣盆热水洗澡时，不知怎的就哭了。

"收拾干净了，我们也和电视上的女人一样了。"郭秀琴的眼里此时闪动着晶莹的泪花。

"母亲水窖"不只解决了人畜吃水问题，让妇女从繁重的家务中得到解脱，而且还焕发了人们对于生活的热情。

有了"母亲水窖"的人家，迫不及待地开始营造自己的新家园。

他们动手修桥铺路，修整残垣断壁；院里养了鸽子，种上了南瓜、茭瓜、西红柿、茄子和辣椒……

甘肃干旱山区的沟沟坎坎，已经变得越来越美丽了。

会宁县八里湾乡农民魏涛，拿出珍藏的"大地之爱·母亲水窖"户卡说，他家的"母亲水窖"是妇联和上海一家公司捐建的，六口人及两头牲畜喝水绰绰有余，现在他正想法子在院子里发展副业，挣些钱。

中国妇联为每户农民提供了 800 元捐款，地方政府再按照同比标准投入配套资金，其余部分由农户承担。

但是，即便如此，许多当地政府和农民也掏不出自己该拿的那一份钱。光靠政府拨款很难彻底解决问题，必须依靠全社会的力量，进行联手的扶助，才能完成该项目的建设。

农民们不知道该怎样表达心中的感激，于是他们就在水窖盖上刻下妇联和捐款单位的名字，在村口立碑。

不识字的老人则请人在集流场刻下"妇联"和"共产党"的字样，告诉路人这里所受的恩泽。

一口水窖改变人生命运

四川省眉山市青神县妇联争取到中国妇女发展基金会"大地之爱·母亲水窖"项目，在瑞峰镇青杠坪村开始实施。

项目在2006年3月启动，6月18日至9月2日完成打井、修塔、安装机泵和水管等工程，解决了人和牲畜的饮水困难。

邵秀芳、杨玉英等4家人，和她们以前周围7家30多口人共饮一口井。

前几年由于地下水减少，老井干枯，于是经济条件好的3户人家就搬迁到有水的地方，留下的4户11人，只能到一公里以外的一口水塘里挑水喝。

这口水塘是附近唯一的水源，也是人们日常洗衣、淘洗猪草、生产取水的地方。

在饮用前，都要先烧成开水，经过沉淀过滤，再用来煮饭或饮用。尽管这样，水还是黄黄的，每一件餐具都留有明显的印迹。

遇到干旱，水塘干了，就只能到3公里外的沟里或周边有水井的人家挑点水来吃，而且还经常遭遇闲话和白眼。

2006年正月初二，大家正在欢度春节时，杨玉英却为找水过年而发起愁来。好不容易找到一担水,正高兴地往回挑时,杨玉英一不留神,绊了一跤,水桶摔坏了,水也洒了,人也摔伤了。

杨玉英伤心地痛哭了一场……这样的事时有发生。

在这4家人中,有妇女5人,儿童2人,男性4人,男性中有3人是残疾人,生活的重担就搁在了妇女的身上,别说发展,就连生存都成困难。县、乡妇联了解到这一情况后,免费为他们打了一口深井,修建了一个水塔,安装了水管,直接将水引入厨房。

现在如果有客人来访,杨玉英总是端茶倒水,激动地说:

> 这是妇联给我们打的井,感谢全国妇联、感谢中国妇女发展基金会的好心人。
>
> 以前有客人来,我们连水都不敢请人家喝,人家也不敢喝,水黄黄的,难吃死了。现在好了,可以大方地请你们喝水了……

胡学容、徐学容两家共饮的一口井,也是在几年前干枯了。她们也像杨玉英一样,到处找水喝。

2006年,县妇联实施"大地之爱·母亲水窖"项目,为她们打了一口井,修了水塔,安了水管,解决了她们日常生活用水。

80多岁的老太太一提到水,总是不停地说:"感谢党、感谢妇联，水又干净又好喝，甜甜的，背了一辈子的衣服到处找水洗。现在，再也不用背着衣服到处找水洗了……"

杨学如一家三口，她和儿子有智障，丈夫陈国强是残疾人。

以前，一遇到干旱，他们就要到两三公里外的山沟里挑水，更不用说牲畜饮用和生产发展用水。

杨学如虽有智障，但是也知道没有水的艰辛。她通过宣传知道，要在她所在的村实施"大地之爱·母亲水窖"项目，解决没有水井、没有水吃的问题。

于是，杨学如拿着打了5天工的报酬30元，找到镇妇联主席潘秀珍，要求打井。

县妇联考虑到杨学如家里的实际情况，经项目领导小组研究，采取项目经费无偿补助一部分、再借一部分、本人投工投劳，不足部分在县上的配套资金中解决一部分的办法，为其筹资1500元，打了一口水井，并配置了电机、水管，直接引水到了她家的厨房。

水井是有了，但是面对破烂不堪的房子，县、乡妇联通过协调，到民政、残联、纪委等部门争取了5000元资金，为杨学如修建了80平方米的小青瓦房。

现在，杨学如一家住进了新房，喝上了清洁卫生的地下水。杨学如逢人便乐滋滋地说：

这是县妇联给我打的井，还有新房子住，

安逸……

侯学容一家三口，一个儿子靠拐杖才能行走，孙子11岁，她本人也已经60岁了，住的是笆笆壁。他们就这样相依为命，走过了多年。

在实施"大地之爱·母亲水窖"项目时，县妇联为侯学容家打了一口井。县妇联又实施留守儿童保护项目，资助侯学容的孙子王波300元的书本费、生活费。王波学习进步很大。

侯学容的儿子郑少强很受感动，于是充分发挥自己的优势，主动学习打井技术，成了当地一名打井土专家。

郑少强还主动请缨，要求参加"大地之爱·母亲水窖"项目实施，为很多村民找水打井，受到村民们的欢迎。

不要小看一口水窖，这口水窖不知影响和改变了多少人的生活和命运轨迹。

妇女自制锦旗喜送妇联

2002年4月,湖北省来凤县三胡乡讨火车村的乡亲们,听说县妇联带着全国妇联、中国妇女发展基金会"大地之爱·母亲水窖"项目办公室一行来了解缺水情况。

领导们一进村,乡亲们没等村干部开口,他们就先纷纷说开了。

有的人说:

我们这实在是太缺水了,若遇天旱,像我这样的男人挑一挑水,一个来回得大半天。

还有的人说:

请你们领导想想法子吧,这地方平时天儿不旱,附近的水坑还有点水,一旦天旱,硬是找不到地方挑。有劳力的家庭,走几公里路还能挑河里的水。像我们没劳力的家庭,舀一瓢水用比舀一瓢油还心疼。

有位妇女说:"为了要男人给我挑挑水,我硬是三天两头和他怄气、吵架。"

听到这些话语，不需要县妇联和乡村干部们再介绍什么情况了。

中国妇女发展基金会副秘书长秦国英每到一个组，每进一个院子，看到和听到的，令她的心情感到十分沉重。

最后，秦国英说出了一句话：

你们县妇联一定要申报好该项目，这是全国妇联紧密配合党中央西部大开发战略的实施，在一定程度上帮助西部农村缺水地区贫困家庭，解决饮用水困难的。

回到北京后，秦国英办的第一件事，就是落实三胡乡讨火车村的"母亲水窖"项目。

2003年正月，城里人还沉浸在新年的欢乐之中时，讨火车村却沸腾起来了。

家住讨火车村七组的覃友清，是全村第一个领回新建"母亲水窖"材料的。

领到材料后，覃友清带领两个儿子，花了20多天，出资500多元，建好了村里的第一口水窖。

七组是该村地势最高的组，方圆几公里没有水源，种田吃水都要靠天下雨。遇到干旱，很难找到挑水的地方。

该组 22 户吃尽苦头的农户，在覃友清家的带领下，在两个月内，户户建起了能容 800 至 1000 挑水的集雨水窖。

"母亲水窖"项目在村里实施后，向、卢两家的水源都得从 13 公里以外引来，仅引水管钱就得花 1800 元左右。

但是，两家还是毫不犹豫地出资了。在经过了一个多月的苦战之后，那清澈洁净的水通过"母亲水窖"流进了各自的家中。向绍杰的妻子邹清云，高兴得不得了。

邹清云的丈夫常年不在家，家里家外的活都得她一人顶着，真是苦不堪言。

在丈夫的启发下，邹清云和七组的邱兰玉、十五组的齐桃云，主动做了一面锦旗，送到县妇联。

几位妇女说：

> 我们女人总是娘家人惦记着，喝着娘家送的水，感到格外亲、格外美。

看着这些女人那股高兴劲儿，再看看那面锦旗，8 个大字异常醒目：

> 母亲水窖，造福于民。

这面锦旗倾注了这些妇女的感激，也写满了她们人生不幸与幸运的故事。

在不到半年的时间里，讨火车村建成"母亲水窖"125 口，解决 165 户人家的吃水问题。

再加上水利部门修建的水窖，全村 70% 的人家吃上了自来水。

讨火车村随着缺水历史宣告结束，村容村貌也在发生着根本性的改变，人的观念也逐渐地改变了，干群关系融洽了。

在过去，该村农民缴税，历来上半年是不缴的，甚至有的户好几年不缴。

而这一年，乡里把任务一分下来，村里不到半月就完成了。邻里之间扯皮的事情也少了，一门心思谋生产、谋发展。

十六组的农民蒋卯香，丈夫是个岩匠，长期在外面做工。当蒋卯香申请修建"母亲水窖"时，6 户邻居听说后，都想与她搭伙。

特别是符龙天家，儿女都外出打工了，就剩下他和老伴，符龙天又得了脑出血，瘫在床上不能动弹。

蒋卯香不仅答应和邻居们合伙建水窖，而且还为像符家这样贫穷的 4 户邻居垫了 1200 元钱。

在大家的共同努力下，建起了一座能容 1000 多挑水的水窖。

7 根水管同时引到蒋卯香等 7 户农家院里，女人们再也不用为半夜摸黑守水发愁了。

过去不敢养猪的蒋卯香，这年竟然一股劲养了 8 头。她还发挥自家在省级公路边的优势，开了个餐馆和副食商店。

向绍杰的老伴邹清云高兴地说：

"母亲水窖"可为我们女人长脸了，听男人们说，妇联是个无钱无权的部门，却能为我们村办件世代受益的大事，我就想哇，现在这年代，我们女人会办事，能办事。

邹清云还接着说：

你看对面那一片桃园，是村里今年发展的 1080 亩科技示范基地，过去没水，我们连想都不敢想！

不瞒你说，今年，我儿子从上海开车来接我俩，我们才不愿去呢。俗话说得好，金窝银窝，不如自家的狗窝。哈哈……

这发自内心的爽朗的笑声，在房子里，在庭院里，乃至在山间，长久地回荡着……

"母亲水窖"让西部变绿洲

在中国任何一个偏僻的角落，任何一个特殊的妇女人群遇到的任何困难，都会成为全国妇联关注的目标，并且将之化作实际的行动。

中国的西部地区，由于水源缺乏，粒粒沙土都在向人们展示着土地的干涸。

妇女们为了全家人能够生存下去，就不得不到很远的地方去背水。

在全国妇联的大力推动下，在西部缺水地区实施了"母亲水窖"工程，受益的每个家庭都获得了新生，田地也都相继变成了绿洲。

因为有了水窖，西部人民的生产有了保障，生活有了希望。

"鸡鸣三更去，日中不见归"，是内蒙古自治区农牧民找水的真实写照。

地处干旱半干旱地区的内蒙古，人均水资源占有量仅为全国平均水平的25%，共有200多万农牧民处于饮水困难的境况中。

因打水耗时费力，缺水地区大量劳动力无法外出务工。而今，"母亲水窖"已帮助很多农牧民走出了"无水之饮"的困境。

甘肃省的清水县是典型的干旱山区，有了"母亲水窖"，农户每趟取水时间从原来的 61 分钟，降低为 0.48 分钟，高价"买水"喝已成为历史。

在甘肃省榆中县定远乡的董家湾村，有一个蓄水达到 200 立方米的水窖。

同时，这个村子里面 271 户人家，每家都有一口 20 立方米的"母亲水窖"。

走进村民冯英华的家里，第一感觉是这家的院落特别干净，而且特别紧凑。

冯英华说，以前都是走 10 公里的山路去驮水，一去就是半天。现在有了"母亲水窖"，她的儿子和儿媳妇可以出去打工，这样一来，家里就可以有一点零花钱。

在重庆、广西、湖南、山西、安徽……相继展开了"母亲水窖"工程。

修建水窖、庭院种植、卫生厕所、培训缺水地区农村妇女、改善贫困妇女的生存质量……"母亲水窖"爱的外延，已经延伸到了包括养殖、沼气、微型加工等在内的综合类农村发展项目。

"母亲水窖"为西北缺水地区的人们带来了希望，带来了无限的憧憬。

"母亲水窖"润泽彝族百姓

云南省易门县联合东村的法继红,一时还不敢相信不出门就能洗澡的事实。

在法继红家房后山坡上的"母亲水窖"建好后,太阳能也装了起来,洗澡间也随之盖起来,雪白宽大的搪瓷洗澡盆也安起来了。

当法继红看到水龙头里流淌出的清亮的自来水时,高兴地笑了。

在联合东村的村口,可以看到村民们在村边立的一块碑,他们把"大地之爱·母亲水窖"捐赠单位的名称刻在了碑上。

村里的人说,水窖修好了,他们不知道该如何表达心中的感激,便在水窖盖上刻下了妇联和捐赠单位的名字,还在村口立了碑。

村民们说,要让子孙后代永远记住:吃水不忘挖井人。

在云南省、市妇联的支持帮助下,易门县妇联争取到全国第三批"大地之爱·母亲水窖"工程项目,在龙格利、铁厂、小黄塘、联合东村实施,建成小水窖295口,基本解决了项目实施地的人畜饮水困难,灌溉面积达到1059亩。

前些年，由于自然环境和历史的原因，联合东村严重缺水，这里几乎没有地表水和地下水。这里的人畜饮水，几乎全靠蓄积有限的雨水。

山是和尚头，沟里水白流，十有九年旱，岁岁人发愁。

群众自编的这首民谣唱了一年又一年，诉说着缺水地区人民用水的艰辛。

由于缺水，在这里水比油贵。村干部说，在这里，你随便走进一户人家，主人舍得给你两块糍粑，却舍不得让你带走一滴水。

"母亲水窖"的修建，让联合东村人民的生活发生了巨大的变化。

自从水窖建成之后，联合东村村民的生活水平有了大大的提高，农业结构也发生了变化，生态环境也得到了很大的改善。

村民普庆和建起了大棚，用充裕的窖水栽种了食用仙人掌。普庆和还与云南锦绣大地有限公司签订了合同，发展小规模的家庭经济和家庭养殖。

水窖的建成，让当地村民告别了吃水贵如油的日子。

质朴的彝族妇女亲切地称这些水窖为"阿嫫水窖"。

"母亲水窖"滋润了山里人民的生活，使得村民们心中充满了不尽的感激之情。

联合东村的谷玉兰说,在"母亲水窖"建成之前,每逢干旱季节,她一家三口人,每天至少要用一个劳动力去挑水,才能勉强维持最低的生活用水要求。

现在修起了"母亲水窖",农民解决饮水困难问题后,腾出的劳动力不仅可以安心投入农业生产,还可以开展多种经营和劳务输出,还用多余的集流雨水发展起庭院经济和农业灌溉,经济收入也增长了。

有了水,彝族山区的人民开始过上了富裕的生活。

本书主要参考资料

《辉煌的足迹》 全国妇联宣传部编

《农村饮水卫生手册》 付彦芬 曲晓光主编 人民卫生出版社

《怎样修建水窖》 邹先欣编著 中国建筑工业出版社

《西部严重缺水地区人畜饮用地下水勘查示范工程》 中国地质调查局著 中国大地出版社

《贫困中的期盼——中国西部贫困地区女童和妇女教育》 周卫主编 广西教育出版社